BESTSELLER

MYRIAM MOSCONA

TELA DE SEVOYA

DEBOLS!LLO

Esta obra fue apoyada por el Sistema Nacional de Creadores de Arte y por la Fundación Guggenheim.

Tela de sevoya

Primera edición en Debolsillo en México: octubre, 2016

D. R. © 2012, Myriam Moscona

D. R. © 2016, derechos de edición para México y Argentina en lengua castellana:
Penguin Random House Grupo Editorial, S. A. de C. V.
Blvd. Miguel de Cervantes Saavedra núm. 301, 1er piso,
colonia Granada, delegación Miguel Hidalgo, C. P. 11520,
Ciudad de México

www.megustaleer.com.mx

Libia Brenda Castro Rojano, por la guía de lectura

ISBN: 978-607-314-895-5
Impreso en México – *Printed in Mexico*

El papel utilizado para la impresión de este libro ha sido fabricado a partir de madera procedente
de bosques y plantaciones gestionadas con los más altos estándares ambientales, garantizando
una explotación de los recursos sostenible con el medio ambiente y beneficio a para las personas.

Penguin
Random House
Grupo Editorial

A la memoria de mis padres

A los hablantes del judeo-español que murieron
con su lengua en los campos de exterminio

A Natalia, a Miguel, a Irit

Exterior es el límite. Interior, lo ilimitado.

EDMOND JABÈS

El niño que está detrás de la cortina se convierte él mismo en algo flotante y blanco, en un fantasma.

WALTER BENJAMIN

tela f.
1. Tejido hecho con hilos cruzados entre sí.
2. Trozo de ese tejido.
3. Asunto o materia de la que hay que hablar o que se presta a comentarios.
4. Del latín *textus* ("algo tejido").

Diccionarios diversos

Una telita de cebolla sobre la herida ayudará a cicatrizarla y a calmar el dolor.

Remedio casero

El meoyo del ombre es tela de sevoya.
(La fragilidad humana es como la tela de cebolla.)

Refrán sefardí

Esta obra fue apoyada por
el Sistema Nacional de Creadores de Arte
y por la Fundación Guggenheim.

Distancia de foco

¿Todos los abuelos de la tierra hablarán con esos giros tan extraños?

Esther Benaroya creció envuelta en ese español entreverado con palabras de otros mundos. El judeo-español no fue la lengua de sus estudios pero sí la que escuchó de sus padres y abuelos. Más adelante vino a hablarla lejos, *"a donde arrapan al güerko: Meksiko? Meksiko era para mozotros, en la karta, solo un payis ke de la banda izkyedra le enkolgava una lingua larga kon el nombre de la Basha Kalifornia"*.

Al poco tiempo de su llegada, Esther Benaroya, la abuela paterna, decide ir a Sears Roebuck, aquella tienda departamental, abierta ante sus ojos alterados por luz de neón. Necesita comprar pasadores para aplacarse los rizos. Sube las escaleras eléctricas con un temor que nadie parece distinguir. Se encamina al segundo piso y, muy segura de lo que busca, aborda a una dependienta:

—*Senyorita, kero merkar unas firketas para los kaveyos.*

—¿Unas qué?

—*Trokas, firketas.*

La empleada no alcanza a comprender.

Desde hace algunas semanas se aprendió la palabra "chingada" y luego "chingadera", pero ella prefiere el diminutivo *chingaderika*. Así pues, se corrige:

—*Kero unas chingaderikas, bre.*

La empleada se sonroja y va disparada en busca del gerente. Esther Benaroya sale con un empaque de cartón lleno de pasadores con punta engomada. La hace feliz desesperar a la gente. Ya se le ha dicho que la palabra "chingadera" es una majadería en ese país, pero ella no se inmuta. Es su forma de decir *"agora avlo vuestro espanyol komo lo avlash vosotros en la Espanya i en Meksiko"*. Unos se escandalizan, otros la ignoran o se carcajean ante sus chifladuras.

Antes de llegar a México sólo podía decir que era un país lejano donde se usaban *chapeos* de charro y se comía picante en forma exagerada. *Dize el marido miyo ke los mushos le kedan kemando dospues de estas komidas de foegos.*

Al desembarcar en estas tierras pensó por un momento que todos los mexicanos eran de sangre judía. Todos hablaban español, esa lengua de los sefardís de Turquía y de Bulgaria. *Ama aki lo avlan malo, malo... no saven dezir las kozas kon su muzika de orijín.*

Molino de viento

En mi otra vida, la que recuerdo sólo en fragmentos, la que irrumpe a media mañana con mensajes de otros mundos, en esa vida, digo, me he visto al lado de un hombre que me recibe de frente y sin ningún miramiento comienza a desnudarse. Me ofrece todo lo que se quita.

—Te regalo esta ropa vieja —me dice—. Úsala aunque esté gastada.

Cuando me pruebo los pantalones siento cómo se me escurren del cuerpo; no hay forma de ceñirlos a mi cintura.

—Usa otra parte de ti para apretarlos —me dice pausadamente. Capto sus indicaciones. Llevo una trenza larga. Con un instrumento que él pone en mis manos, la corto de tajo. La trenza me sirve para tejer un cinturón y atarme la ropa al cuerpo.

Es un hombre de mediana estatura. Ojos grandes, brillosos. Conozco su cara, sus gestos. Lo veo mirarme y siento un impulso casi incontrolable de abrazarlo. Hay algo que me detiene. Me tomo la cabeza con las manos, cierro los ojos cuando irrumpe su voz al leerme estas líneas de un libro en caracteres cirílicos:

Quiero darte un consejo. Nunca pronostiques una muerte trágica en lo que escribes porque la fuerza de las palabras es tal, que ella, con su poder de evocación, te conducirá a esa muerte vaticinada. Yo he llegado a esta edad porque siempre he eludido hacer predicciones sobre mí mismo.

Algo me hace explotar en llanto. Cuando vuelvo en mí, lo busco. Ya no está. Sólo aparece cuando lo olvido. ¿Lo olvido?

Distancia de foco

Muerto en su cama, en México, a sus cuarenta y siete años. Me prometió un cochecito de cuerda que se desliza por la pared y nunca me lo dio. Me regaló una muñeca con chaleco rojo a cuadros y pelo crespo. No me gustan las muñecas aunque ésta sabe decir algunas frases con una voz aguda y fea, pero ¡sabe hablar! Expulsa las palabras desde un disco interno; allí pego la oreja, sobre sus pechos duros, de plástico. Sus palabras y las de mi padre muerto son igual de falsas.

Un rostro con líneas borrosas, apenas las distingo. Mi padre es de Plovdiv, una ciudad en las montañas de Bulgaria. Sé poco de él. Sé que de niño lo llevaron a vivir a Estambul, en su casa se hablaba ladino, volvió a Plovdiv ya en su juventud. Cuando comenzó la Segunda Guerra, a los judíos de Bulgaria se les impidió circular libremente por las calles; podían hacerlo dos o tres horas al día y volver al toque de queda, siempre a una hora convenida. Debían usar esa estrella amarilla pegada a la ropa. No en las mangas, como en Europa Central, sino arriba del pecho, en un lugar muy visible, para diferenciarse de los otros. Sus casas y negocios también debían distinguirse con claridad.

Un ideólogo antisemita de Bulgaria, de nombre Aleksander Belev —a quien le llamaban el Rey Judío— amigo cercano del representante de la Gestapo en su país, había pasado una temporada en la Alemania nazi para estudiar las leyes antisemitas. Era un convencido del exterminio judío, vivía ansioso de colaborar con ese "noble propósito" y desde el Ministerio del Interior se encargó de preparar la nueva política judía del Estado Búlgaro, que mantenía en esos momentos excelentes relaciones con los nazis. Empezó a fertilizar el terreno para preparar los convoyes con buenos resultados, aunque a última hora se frustró su plan: el tren fue detenido y la gente que sería entregada en los campos de concentración quedó en libertad. De uno de esos vagones, incrédulo, agradecido, descendió en 1944 mi padre, con sus ojos grandes, envuelto en un abrigo gastado, casi al inicio de la primavera.

Del diario de viaje

Algunos pasajeros del avión se parecen a mi familia materna. Boca ancha y el corte de huesos de la cara. Mientras se escuchan los avisos de aterrizaje pienso en aquellas cosas que deberían hacerse a solas. Ahora, en este tiempo, a esta edad, llegar a Bulgaria por primera vez. Hacer el recuento, pensar en las decenas de generaciones que vivieron en este país y hablaron el judezmo. Las palabras son frágiles y la memoria que tengo de ellas está rodeada de calor. Llega el avión a Sofía, rasgada por una lluvia delgada, constante. Hay algo que hace fricción. Es la memoria: el eslabón abierto de una larga cadena. Esa abertura que me une y me separa es la que me ha traído aquí.

Ande topes una senyal, alevanta la kara.

Eso hago en la sinagoga de la ciudad levantada en 1909. Subo la mirada a la lámpara más grande en los Balcanes: tiene cuatrocientas sesenta luces que equivalen a cuatrocientas sesenta plegarias. La influencia árabe, la sillería, las columnas verdes, los contrastes de tono.

—*This is the life* —dice el cuidador—. *Our style is colorful, is warmer.*

En el fondo, arriba del tabernáculo, hay una inscripción en hebreo: CONOCE FRENTE A QUIÉN ESTÁS PARADO. (Haga lo que haga, sé que Dios me mira, incluso en el baño me observa como un cíclope y yo le pido perdón. Suelto frente al

17

tabernáculo un tembloroso *"guay de mi-no"*. Así, como me enseñó la abuela.)

A la salida, enciendo dos velas sobre un pequeño estanque de aceite. Una por ella y otra por él, como en los viejos tiempos.

Doy la vuelta en la esquina, veo el nombre de la calle Yosif. Casi el de mi abuelo. Sonrío.

¿Mencioné a las dos madres? Ahora espero a una mujer mayor, reducida a un metro cincuenta.

—*En la chikez fui una mujer de alturas* —me dice, cerrándome un ojo después de saludarme en la lengua que me hace evocar un título del escritor israelí de origen rumano Aharon Appelfeld: *La herencia desnuda*. Eso se aproxima al calor del judeo-español en sus capas cubrientes. Y luego la mujer con su voz nasal, venida de Pasarjik, a cien kilómetros de Sofía. Allí pasó su infancia. Yo, en cambio, en mi herencia desnuda, más allá de la lengua, en los cuerpos que rodean mi *chikez*, papá y mamá, traigo, digo, la necesidad de inventarles biografías porque los perdí de vista; por eso vine, porque me dijeron que aquí podría descubrir la forma de atar los cabos sueltos.

Del diario de viaje

—Kreyo ke no deves fazer estos desinyos en tu kuaderno, ijika.

—¿Por qué no, abuela? ¿Te da vergüenza tener las tetas grandes?

—No avles ansina, te se va sekar la lingua.

—¿A mí? No se me va a secar.

—El Dio te va a kastigar i te poedes kedar jazina.

—¿Por qué? No es cierto que Dios me va a enfermar.

—No deves avlar ansina del puerpo.

—¿Por qué?

—Por mo ke una kriatura kon edukasion no deve avlar de esas partes del puerpo.

—¿Cuáles partes? ¿Las tetas?

—Te vo a dar un shamar. No kero sentir ke avles esos biervos de grandes. Tu sos una kriatura.

—¿Entonces cómo debo llamar a las tetas?

—Kon senyas, no kon biervos.

—Ah.

El monasterio de Rila resuena en los cuentos que escucho sobre ese sitio histórico del siglo X, cercano a la capital de Bulgaria. Los monjes —pintados en los muros, en los frescos de la capilla— son idénticos a los que se pasean por el patio.

Cuando caminan, bajan la mirada o la dirigen a una lontananza que los aísla de los visitantes.

Mi abuela Victoria, la mujer siniestra de mi infancia, me cuenta sobre los monjes del monte Athos. Me dice que jamás han tocado a una mujer.

—¿Ni para decirles buenos días, abuela?

—*No, ama no dimandes tanta koza, pasharika, ke la kuriosidá es koza del diavlo.*

Luego me explica que ningún ser del sexo femenino puede merodear el monasterio. Las cabras tienen prohibida la entrada (aunque ahora crían gallinas porque se comen sus huevos). Me intriga la historia de las mujeres proscritas del monte Athos. Dibujo un montecito con cruces dispersas y con monjes desproporcionados matando mujeres desnudas con flores en el sexo. Parecidos a los dibujos de Eva cubriéndose el pubis con hojas de parra. Las he visto en láminas a color en mi *Tanaj* de niños.

—*No me plaze ke desines mujeres sin ropas.*

—¿Por qué, abuela? Tus tetas son feas pero las de ellas no.

Y entonces me castiga encerrándome en el cuarto durante horas. Mi abuela tiene una extraña crueldad que yo sé despertarle como nadie.

Hay en Rila un monje sentado en una banca, cabizbajo. Parece dormitar. No le quito los ojos de encima. Tendrá unos treinta años. Está escondido en unas barbas que rematan en su ombligo en forma triangular. Los ojos muy oscuros. Las manos huesudas le cuelgan a los lados del cuerpo. Parecen de goma. Es lánguido, como en los frescos, y de una forma inexplicable su cara dibuja su propia vejez, aún lejana, en ese rostro de ángulos en punta. Siente mi presencia y voltea. Le sonrío. Quisiera preguntarle por qué solamente los hombres tienen derecho de hospedarse en el monasterio. Mi evidente curiosidad le provoca una reacción inmediata. El monje se levanta con un ímpetu que no parecía guardar en su cuerpo deshilachado para dirigirse a una escalera cerrada con un aviso: NOT ALLOWED TO VISITORS. Y se pierde entre pasillos y habitaciones de esa construcción que venera a san Juan, el taumaturgo de Rila. Hubiera querido preguntarle al monje si era cierto lo que dice mi abuela: las mujeres les dan asco.

Distancia de foco

—¿Qué hora es, abuela?

—*Ocho kere vente.*

—No hables así. ¿Qué hora es, abuela?

—*Ocho kere kinze.*

—No sabes ver la hora. ¿Qué hora es, abuela?

—*Nunka ni no, hanum. Las ocho son. La ora de dormir.*

—No tengo sueño.

—*A echar, hanum. A pishar i a echar.*

—No, quiero ver la tele.

—*Deja estos maymunes.*

—No, ¿por qué? Para que sepas: mi otra abuela sí me dejaba ver caricaturas.

—*Le dire a tu madre.*

—Pues dile.

—*Le dire a tu padre.*

—Mi papá ya se murió.

—*Yo avlo kon el kada noche. Kada noche me dize ke esta arraviado kon ti.*

—Mentirosa, él no está enojado conmigo.

—*No se dize menteroza.*

—¡Estás loca!

—*Me vas i a mi a matar. A todos matatesh tu.*

—Yo no maté a nadie.

—*Lo matatesh a tu padre por muncho azerlo arraviar.*

—Eres mala y muy mentirosa.

—*Kualo dijistes?*

—Nada.

—*Ya sentí kualo dijites.*

—Nada.

—*Ayde! A echar, hanum.*

—No me digas "*hanum*", me dijiste otra cosa. Te voy a acusar con mi mamá.

—*I a eya la keres matar?*

—Déjame en paz, no me vuelvas a hablar nunca. No quiero que seas mi abuela.

—*Moro kon vosotros porke kale ke sea vuestra kudiadora. Si no, kriansas de la kaye vas a salir? Saka las manos de los oyidos para sentir kualo te esto avlando.*

—No oigo nada, no te quiero oír.

—*A echar, a echar ke te vo a dar un shamar entre mushos i karas.*

—Me voy a encerrar hasta que llegue mi mamá y le voy a decir lo que dijiste.

—*Dízelo ama la vas a matar.*

—¡Maldita!

—*Maldicha i tu.*

Del diario de viaje

Nuestros anhelos van enredándose unos con otros, así llego a esta tierra: para reunirme. El primer día —ante mis ojos— solitaria, en su monumentalidad, como en una isla, se abre Aleksander Nevski. En la entrada una información para visitantes extranjeros:

> La catedral de San Aleksander Nevski fue construida con los esfuerzos del pueblo búlgaro en memoria de los miles de soldados rusos, búlgaros, ucranianos, moldavos, finlandeses y rumanos quienes, de 1877 a 1878, dieron sus vidas por liberar a Bulgaria del Imperio Otomano.

Una bóveda gigante, a cuarenta y cinco metros de altura, pintada con auras doradas; el piso en geometrías y en medio, la nave inmensa, vacía. El eco rebota el canto del oficiante. En los espacios del silencio cuelga en un columpio sonoro la resonancia. Entra poca luz, la única que escurre por las ventanas amarillentas de la bóveda. Al fondo, la gente enciende velas y las coloca en candelabros negros. Cuando se llena en ocasiones especiales, diez mil personas cantan a la vez. A mi derecha, se levantan leones de mármol y columnas rematadas con un águila de piedra sobre los capiteles. Esta imagen se repite en toda la nave. Al centro de la iglesia hay un círculo de mármol gris y dentro del círculo otro menor, en negro. Los creyentes se detienen en ese punto negro y cierran los ojos para rezar, para internarse en sí mismos o por un deseo. Cuando termina uno, llega el siguiente y el siguiente, en fila, sin parar. Después entro yo, entro de verdad, como entra el eco después del grito, en sordina, pero con vivacidad, pellizcando el oído.

En la cortina que se descorre en la oscuridad de mi mente aparece mi madre, jugando de niña en esos pasillos. Me pregunta qué hago aquí. "Quiero saber si estamos muertos, mamá." Ella desaparece entre las columnas. Alguien me pica la espalda. Antes de moverme del punto mágico hago una oración. Y repito: quiero saber si estamos muertos.

—*One moment, please* —le digo a la mujer de pañoleta negra atada a la cabeza que me apresura con malos modos a dejar libre el círculo de los deseos.

Distancia de foco

La señorita que lo cuida es angelical, toda vestida de blanco como un vaso de leche. Lo acomoda, enderezándolo en su silla de ruedas; a diario le coloca una cobija a cuadros que lo cubre de la cintura para abajo. ¿Será porque le ocultan un muñón?

Me parece absurdo que hablen de sus piernas si sólo tiene una; la otra, ya lo sé, la perdió en el frente de guerra en 1915. Mi abuelo Salomón Karmona es el hombre más viejo de la tierra. Tiene setenta años.

La señorita de blanco le baja los calzones, lo zarandea, carga un riñón metálico: se lo coloca debajo de las nalgas:

—Orine, defeque.

Esa tarde me llama con una voz musical. En la entrada del baño sube el riñón a mi nariz y me obliga a oler la mierda circular de mi abuelo. Por la noche se lo cuento y, aunque la abuela Esther me escucha con atención, contesta con un refrán extraño, como si hablara furiosa con la enfermera. Agita el dedo índice con toda su energía:

—*Mirame kon un ojo, te miraré kon dos.*

Fue la última vez que le vaciaron el riñón metálico: el abuelo ya no amaneció. Un rato después, pasado el primer rezo, allí, a unos pasos de la cama donde murió, el rabino se despide de mi abuela deseándole volver a verla en ocasiones más felices.

—*Ke mos veamos en alegriyas.*

Ella le dice adiós en la puerta de su casa y al cerrarla grita con fuerza:

—*Eeeef, los dos pies en un sapato!*

No le gustan los rabinos y no se molesta en disimularlo. Por eso mi madre cree que su suegra está loca, porque alza la voz, no se sabe contener.

Qué mala suerte, me hubiera gustado vivir con ella y no con la otra, la abuela Victoria, la de los calzones sucios, pero eso no es posible. ¿Por qué? Es simple: durante la fiesta de *Purim*, cuando salí en la mañana disfrazada de pollo, abrí la puerta de su casa. Quería darle un beso, pero la abuela Esther no se inmutó. Siguió dormida. Parecía tener frío. Volví de la escuela con el premio al mejor disfraz. Entonces me dieron la noticia:

—Murió dormida, su alma descanse en Gan Eden.

Por la noche, en mi cama, tiemblo. Allá afuera, como ciertos astros flotantes, crece de tal forma el agujero negro que nada puede escaparse de la densidad de su masa: nada, ni siquiera un haz de luz.

Distancia de foco

Me dice las últimas palabras que suelta en este mundo. Literalmente en su lecho de muerte, acostada, con el cuerpo amoratado. Hay una enfermera que la cuida día y noche.

—¿Por qué tiene el cuerpo así mi abuela? —le pregunto a la señorita vestida de blanco.

—También tú te vas a poner así cuando te mueras.

—Ah, sí —le digo pensando que su respuesta es inocente. Cuando se lo cuento a mi mamá, me abre los brazos:

—Eso no es cierto, hija. No creas todo lo que te digan.

Lo que no le cuento —porque me da vergüenza— es que la abuela Victoria tiene un momento de lucidez antes de morir. Está bocarriba en su cama cuando suspira, jalando aire como si fuera a encender un motor. La tomo de la mano y le digo al oído:

—Abuela, ¿me perdonas?

Voltea la cara y me dice:

—No. *Para una preta kriatura komo sos, no ai pedron.*

Mi abuela regresa la cara hasta hacer una recta con su cuerpo, vuelve a suspirar y se muere. Sus famosas últimas palabras: "No hay perdón". Existen muchos tonos para repasar esta escena. Una vieja acostada en su cama voltea la cara a la izquierda, suelta un sonoro gas estomacal, le dice a su nieta que no la perdona y se muere. De ahí sus palabras se difunden como un eco. Rompen el tiempo. Y desde el quicio de la ventana, días, semanas y meses se asomará, bribona, vengativa, maligna, para recordarme, mostrándome los dientes ya gastados: "Noooo-haaaaayyyy-perdoooooón".

La llevamos al cementerio en un cajón grisáceo. Al volver noto a mi madre blanca, con una palidez extrema.

—Píntate los labios —le pido.

La beso, pero recuerdo que la muerta le aconsejó varias veces no besar a sus hijos para no echarlos a perder.

Mi abuela muere muy avanzado el siglo XX, sin dejar nunca el XIX. Siempre echando en cara que creció sin luz eléctrica, teléfonos ni coches. Días antes de morir, casi como una despedida, ve aquella transmisión que anuncia "un pequeño paso para el hombre, un gran salto para la humanidad". El tiempo da la vuelta y la estrangula de cuerpo entero. Ella se queda varada en un antes que le dura para siempre.

Descansa, abuela, allá en los añiles de otros mundos y avísale a mi clan que estás perdonada. Si no fuera por ti ¿de dónde hubiera sacado los *byervos i las dichas*? Nadie las inyectó a mi corriente sanguínea como tú, durante esa infancia que sigo escuchando.

—*Los gatos puerkos son.*

—No son puercos, abuela. Son limpios.

—*Nada saves tu. Los gatos son de la kaye.*

—Yo también soy gato.

—*Tu sos kriansa de kaza.*

—Soy de la calle.

—*Mozotros no somos de la kaye, no avles bavajadas.*

—Soy de la calle y quiero irme con el gato.

—*Vas i a matar al gato.*

—Lo vas a matar tú.

Y lo cumplió. Amaneció muerto.

—*Deja tus bavajadas i konstruye algo provechozo.*

—¿Qué quieres que haga?

—*Una fritada de kezo.*

—No la sé hacer.
—*Ayde, eskrive...*

Fritada de kezo

Sinko guevos, 100 gramos de kezo, dos kutcharas de letche, poko de sal (depende del gusto) i dos kutcharas de manteka.

    Un poko de manteka se mete en una kazerola. Agora, los guevos se baten mui presto. Kon la manteka derretida se mleska la letche, todo se mleska bueno, bueno i se mete anriva de la kazerola kon el otro poko de manteka. Se avre la lumbre mui mui flaka, kuando se koze se avolta a la otra parte i se kome kaiyente kon un poko de kezo raído.

—*Entendites?*
—No.

Molino de viento

La cera va cayendo de una vela blanca que limpia los dedos de mi madre muerta. Mi padre va a su lado, le lleva en la espalda su piano vertical porque ella añora la música del mundo. La música del cielo la atosiga, me explica mi padre, le produce una sensación incómoda en el paladar. Mi padre es un caballero. No se queja. Pareciera que es un organillo y no el peso de un piano lo que lleva atrás. No seas tonta, me dice sin mover los labios. Aquí no hay gravedad. Todo es simple y llano. Tu madre necesita estar cerca de su instrumento, lo llevamos con nosotros a todas partes.

La cera derramada ha construido con sus yemas diminutas un castillo con ventanas pequeñas. Allí mismo asoma una luz por la que logro orientar mi curiosidad. En el plano más distante los veo caminar sin prisa. Parecen figuras recortadas de un *collage*. En primera línea se me presentan unas hojas de papel sostenidas por un pisapapeles. "Levanta el pisapapeles", me dice una voz. Meto los dedos con un cuidado extremo porque cualquier movimiento puede derruir el castillo. Tomo las hojas escritas que se deslizan sin dañar la estructura de cera. Algo me dice que el escrito me ayudará a construir mejor el plano de un rompecabezas incompleto, incluso fugaz, pero imprescindible para comprender los distintos estadios del tiempo.

Pisapapeles

Diversas interpretaciones dan cuenta de por qué el destino de la comunidad judía en Bulgaria fue menos trágico que en otros países centroeuropeos y por qué sus miembros se salvaron de la deportación. Algunos aducen que la resistencia comunista jugó un papel preponderante. Otros, que fue la actitud del rey Boris III, refractario a entregar a los judíos de su pueblo: conducta que algunos críticos matizan por considerarla idealizada.

Bulgaria se declaró aliada de los alemanes en 1941. El ejército nazi pudo así atravesar el país en su temible marcha hacia Grecia. A cambio de esa cortesía, le fue concedido anexarse Tracia y Macedonia con sus respectivos pobladores judíos.

A finales de 1942, los alemanes ejercían ya presión para que los judíos fueran deportados. Por esas mismas fechas, los trenes sellados, en los que viajaban hacia los campos de muerte miles de judíos de Grecia (y en especial de Salónica, donde unos setenta y cinco mil fueron deportados), pasaron por el territorio búlgaro. Este hecho provocó una fuerte reacción entre los búlgaros. Aun así se dieron las condiciones para seguir un modelo que ya habían adoptado otros países: comenzar con la entrega de los judíos extranjeros. Un año después, un colaborador de Eichmann firmaba en Bulgaria un primer acuerdo de deportación que incluía a veinte mil judíos, entre los cuales habría que considerar a los menos arraigados, es decir, a los judíos de los nuevos territorios, que completaban una lista de doce mil. A los ocho mil restantes forzosamente habría que sacarlos de la vieja comunidad del país, entre ellos varios hombres y mujeres notables. Se pensaba actuar el 9 de marzo de 1943, pero los planes se filtraron y un sector influyente se opuso con toda firmeza. Cuarenta y tres miembros del parlamento en funciones salieron a protestar. Los periódicos denunciaron lo que estaba por suceder. La cabeza de la Iglesia ortodoxa en Bulgaria, el patriarca Krill, amenazó con tenderse en las vías del tren. En el primer momento que la noticia del terror contra los judíos se propagó entre la población búlgara, se repitió la misma situación de pánico que en los otros países y ciudades donde los programas de exterminio se habían llevado a cabo. No obstante, la sociedad búlgara, una y otra vez, desplegó una fuerza de opinión contraria al exterminio. En 1934 el censo del país arrojaba cerca de cincuenta mil judíos. Los hechos se trenzaron de tal forma que esas deportaciones masivas se evitaron, a diferencia del resto de los países de Europa involucrados en la guerra.

Según lo consigna Michael Bar Zohar en *Beyond Hitler's Grasp,* los búlgaros veían a los judíos búlgaros como búlgaros y no como judíos.

Molino de viento

La veo llegar muy joven. Curioso ver a tu madre así...

—*Agora tu sos la aedada* —me dice la abuela Victoria con su habitual sorna y columpiándose en una mecedora al final del cuarto.

Al terminar ese parlamento desaparece por un hueco del piso que por fortuna se la traga. Mi madre entra al salón, toma una caja de cerillos, enciende uno y lo acerca al pabilo de una enorme vela blanca. Espera un rato concentrada en la flama y enseguida comienza a derramar la cera en un plato hondo. Casi lo llena de ese líquido caliente. Después aclara su garganta y sumerge los dedos. Alza la vista y, claro, me descubre.

—¿Qué te pasa, hija? ¿Por qué te has hecho vieja antes que yo?

Su pregunta me obliga a tocarme la cara, a deslizar la mano a la garganta, a probar si hay alguien más dentro de mí. Es indescriptible el placer de volverla a encontrar. No quiero exaltarme. Hago un esfuerzo por contener mi propia elevación. Me acerco lentamente hacia sus manos, que parecen descansar en esa cera ardiente.

—Esto es para pianistas —me dice de la forma más natural—. Toca esta cera fundida —y sumerjo las manos mientras veo la curvatura de los dedos de mi madre que es mi hija. Me quema—. Es para aflojar los dedos antes de mi último concierto. No habrá más.

Al fondo descubro un letrero que al parecer dejó un ejecutivo de la Sony Classical. Se refiere a un conocidísimo pianista. Lo tengo en la punta de la lengua, pero no puedo recordar su nombre. Dice el letrero: MORIRSE FUE UNA JUGADA MAESTRA, LO MEJOR QUE PUDO HABER HECHO EN SU TRAYECTORIA.

Ella me dice algo que yo ya había leído:

—El piano no se toca con los dedos, se toca con la mente.

—Entonces, mamá, ¿para que sumerges los dedos en la cera?

—Para calmar el *angst*. En esta orilla, del otro lado donde tú me ves, tenemos tareas que cumplir. Yo tengo la encomienda de derretir la cera.

Por fin toco sus manos. Son blancas, sin una sola mancha, suaves como las de una niña, sus uñas al ras con un espacio amplio que se aperla y cada uña se vuelve como la paleta de un espejo en óvalo.

Y dice la fugitiva:

—"¿En qué nuevos pensamientos vives tan dolorosamente? Todo esto no es la vida real."

Le responde la prisionera:

—"Hay mundos más reales que el mundo de la vigilia."

Kantikas

Me topo kon una sivdad
me rekodro
ke ayi moravan
mis dos madres
i mojo los piezes
en los riyos
ke de unas i otrunas aguas
arrivan al lugar

I a mis dos madres
siento avlar

En distintas
kantikas
avlan las dos
Les miro los suyos
ojos
i les peyno los sus kaveyos
kastanyos
i separo los sus kaveyos
blankos

de los sus kaveyos
pretos

Las dos madres
riyen
por todo kualo avlo
kon eyas

Pisapapeles

La comunidad sefardí de México no tenía, a principios de los años cuarenta, su propio cementerio y costó mucho hacerse de uno. El principal animador del proyecto parecía feliz el día que se concretó la adquisición de un terreno, enorme para aquel entonces, donde los judíos sefardíes serían sepultados. El Panteón Jardín, una extensión al sur de la Ciudad de México, camino al Desierto de los Leones, tenía diversas secciones. Y ahora una más. *El Dio ke guadre la ora. La nombrimos "La Fraternidad", "Bet Ahayím" para los muestros.* Existía desde entonces una reja que aislaba un cementerio para el sindicato de actores, otra más para una secta cristiana y también la clásica orilla de fosas comunes que el propietario del enorme predio regaló en su momento.

Era allí, antes de entrar al Panteón Jardín, donde se encontraba una florería llamada La Última Curva y el clásico puesto, casi callejero, de féretros con laureles dorados y angelitos rechonchos en las dos orillas de la esmaltada tapa imitación madera. El dueño era, sin duda, un hombre culto que llamó a su negocio Quo Vadis?

Desde que el cementerio sefardí estaba desocupado se planeó su distribución. A la entrada unos grifos para enjuagarse las manos con agua corriente. Nadie debe abandonar un cementerio judío sin lavarse. A la derecha del sendero principal irían los hombres y a la izquierda, las mujeres. En el centro, al fondo, una pequeña construcción con un espacio cerrado para depositar allí al muerto, lavarlo, echarle arena en los ojos, envolverlo ya limpio en una sábana y después conducirlo al espacio abierto de esa construcción abovedada en un cajón cubierto con mantos religiosos. Los féretros jamás se abren ni hay ventanas para mirar por última vez la cara del muerto. Ahí, bajo esa bóveda, estará el cuerpo entre sus acompañantes, antes de cubrirlo con paletadas de tierra. Después de los rezos y palabras de reconocimiento y alabanza para el recién fallecido, y de consuelo y solidaridad para los deudos, un grupo de hombres, los más fuertes, los más allegados, cargarán el féretro en hombros hasta el lote correspondiente. Lo demás ya es tarea de los sepultureros, quienes ayudados por unos cintos bajarán la caja al sitio del llamado "reposo final". La familia y los amigos podrán también arrojarle una o dos paletadas de tierra. Quizá los más cercanos escuchen el impacto de la tierra sobre el cajón, como si ellos estuvieran dentro.

El cementerio de San Ángel, en plena guerra mundial, abría sus puertas en 1942 con orgullo, después de una intensa labor comunitaria; pero pasaban semanas y luego meses y no llegaba el momento de estrenar el jardín porque nadie se moría. El fundador del cementerio comenzaba a desesperarse. "Al traspasar este punto se pierde toda esperanza", decía el poeta en el umbral del infierno. Nadie desea encarnar estas palabras, pero la sorpresa se dio avanzado el quinto mes. El primer muerto de la comunidad, ya con el panteón listo para sus funciones, fue el infatigable fundador del cementerio. Él mismo inauguró el sitio donde yace entre las primeras filas del panteón, flanqueado por dos cipreses que parecen montarle una guardia de honor. Nadie como él se quejó tan amargamente de que el tiempo fluyera sin arrojar un cuerpo bajo esa tierra que hoy cubre a varios miles de cadáveres.

Del diario de viaje

Conocer los Balcanes a mis cincuenta años. Bulgaria está en mi imaginación de modo permanente y las razones de aplazamiento son muy distintas a las de mi juventud. Ahora, temo que al ir pierda la posibilidad de inventarlo. Como un negativo que al ser revelado en un cuarto oscuro alcanza su forma final. Ante esas charolas donde el papel está flotando en las emulsiones fotográficas, uno se convierte en testigo de las primeras líneas de la imagen revelada. Al acabar de dibujarse, la imagen quedará fija en el papel. El revelado habrá entonces concluido. La imagen estará acotada por el peso de la realidad y los rasgos imaginados quedarán sustituidos por los que en verdad son y aquellos que la mente bordó se descoserán de golpe.

El viaje se inicia con un deseo lejano y adquiere forma en el otoño. Me propongo ir en busca de los últimos judíos que aún hablan ladino, escuchar sus inflexiones, registrar sus voces. Me inquieta conocer la casa de mi madre en Sofía y después Plovdiv, la ciudad de mi padre, del que perdí toda posibilidad de rastreo. No conservo mayores datos del lugar dónde creció. Eso voy a buscar, sabiendo que la imagen se fijará.

Tres días antes de salir de la Ciudad de México recibo una llamada telefónica. Una voz de mujer se oye en la contestadora.

—Me llamo Rina. Te marco desde Israel. Vi tu nombre en la red y supe que estabas escribiendo unos textos en ladino. Somos primas.

En ese instante alzo la bocina para averiguar quién es esa mujer que me habla del otro lado del mundo y que dice ser de mi familia.

—Estoy investigando acerca de los proverbios en ladino referidos a la vida de las mujeres en Bulgaria y a raíz de eso acabo de pasar unos días en Sofía. Vengo de allá.

—Ahora yo estoy por irme —le contesto, asombrada—. Este sábado salgo para Bulgaria.

—Ah, ¿y sabes que allí vive León Karmona?

—¿Quién es León Karmona? Ése era el nombre de mi padre —le explico.

—León Karmona es hijo de Isaac, el gran investigador del ladino que consagró su vida a recopilar dichos y proverbios, escribió cuentos y llevó a término un diccionario búlgaro-ladino que nunca se publicó. Deberías conocer a León ahora que vas a Sofía. Él es mi primo hermano y, aunque sea de otra rama, es del mismo árbol que tu familia.

—¿A qué se dedica León? —le pregunto para corroborar si es el mismo hombre del que yo tengo referencia.

—Es un místico —me aclara. Cuando se investiga a fondo algo que en verdad nos apasiona, recibimos ciertas señales. Si leemos bien, nos damos cuenta de que una y otra vez se nos indica un norte, se nos revelan algunas claves para mostrarnos que estamos en camino. Entonces lo percibimos como el pliegue de un abanico que va extendiéndose hasta formar, en su abrir y cerrar, en el sonido de su agitación, en ese instrumento de paja o de papel para cambiar el aire, un pequeño mundo que nosotros movemos pero que también nos mueve y nos agita.

León es la primera persona que busco en Bulgaria. Nos encontramos afuera de un mercado. Entre la multitud, sabemos reconocernos de inmediato. Hay un olor que desprenden las hojas del otoño. Tapizan la calle. Nos vemos a los ojos y enseguida distinguimos nuestro parentesco.

—Dos personas que se buscan siempre sabrán reconocerse —me dice con su voz tenue mostrando unos dientes desechos.

Al día siguiente, nos ofrece *chai* y un platito de nueces de la India en la mesa de su casa. El homónimo de mi padre vive frente a un parque en una calle transitada y llena de árboles. Su departamento monacal sólo tiene lo indispensable. Su ropa colgada en ganchos de alambre no rebasa medio metro de un improvisado clóset sin puertas. Tiene un par de zapatos de calle y unas sandalias abiertas para el calor.

En ese momento León me da a conocer un video de su trabajo. Lo veo con asombro. Nunca le confieso que, cuando por primera vez me topé con sus datos en la red, pensé que se trataba de un loco, de esos que fundan religiones y se viven a sí mismos como enviados de Dios. Me dice que él, como guía de su propio camino espiritual, está propuesto para el Premio Templeton (dotado de 1.4 millones de dólares). En el video, armado por la televisión búlgara, comparte reflexiones con el poeta ruso Yevgeni Evtushenko. El contraste es enorme. El ruso lleva camisa rosa, corbata amarilla, chaqueta a cuadros. Un derroche de palabras. León es un saco de huesos vestido en camisa blanca. Hablan del universo y de la libertad. Me cuenta León que cada año pasa una temporada del verano con sus seguidores en las montañas de Rila, consagrados a los ejercicios espirituales que, según sus palabras, los limpian y los ayudan a vivir en equilibrio y humildad.

No sé por qué imagino a Evtushenko con sus camisas floreadas en esos ejercicios matinales, sometido a la vida frugal y de silencio que su cuerpo apenas puede contener. León me habla pausadamente, pero yo me he ido lejos. Su voz acompaña mis pensamientos, y al volver registro mi descortesía.

Seguimos sentados a la mesa. Frente a ella, adentro de un armario, se guardan los archivos de su padre, una vaca sagrada en la investigación de la cultura sefardí. Esos archivos —de los que me habló Rina en aquella misteriosa llamada telefónica y que todo investigador sobre el ladino tiene referencia— están ahora frente a mí, atrás de esas puertas. León, mi nuevo primo, está entusiasmado. De pronto hago conciencia de toda la serie de casualidades que me ha traído a este instante en un departamento de la calle Tzarigradsko Shosse, en Sofía, Bulgaria, sesenta años después de la salida de mis padres. Soy supersticiosa. Esa llamada telefónica me ha dado una señal, como si alguien me dijera: *Sige, preziada, vas por kamino bueno.*

Soy el eslabón abierto, pienso otra vez.

—León, ¿me permites ver los archivos? —me animo por fin a preguntarle.

Abre la puerta y frente a mis ojos aparecen apilados varios montones de papeles. Están atados con una cinta blanca. Todos los contenedores son de color claro, del mismo tamaño, una propuesta estética involuntaria.

Acerca varios de ellos, los desata y los dispone en la mesa junto a mí.

—Aquí los tienes.

Abro el legajo en una de tantas recopilaciones de proverbios. Parece ser la copia de una publicación bilingüe, ladinohebreo. Leo al azar:

"Es komo el gato, ke siempre kae empiés."
"Bezar las manos ke keres ver kortadas."
"De su kandela dinguno no se poede arrelumbrar."
"Del espino sale la roza."
"Arvoles pekan, ramos yoran."

"Kada suvida tiene su abashada."
"Azno se fue, kavayo tornó."

I. M., padre de León, convertido en el espíritu protector de mi viaje, recopiló cuatro mil proverbios. Sólo dos mil se han publicado.

Cuando acabé de copiar algunos refranes percibí, de golpe, el tiempo que tuvo que pasar, las vidas implicadas en este instante para que hoy, una tarde de otoño en Sofía, yo estuviera en esta mesa blanca, frente a este archivo, recordando y encarnando las palabras con que concluye "La fugitiva" de *En busca del tiempo perdido*:

Tenía que hacer un esfuerzo por no llorar.

La cuarta pared

Mi preziada:

A los sunkuenta i mas anyos me topo ande devo estar. A Dio Patrón del mundo! No saviya ke kon los ojos serrados los moertos te avlan en linguas de atras, del tiempo de atras, komo ese pásharo ke entiero se avre para volar, ama vuela de adielante para atras, porke no le importa ande va. Le importa de ande viene.

Preziada miya, agora, kuando la ija se troka en madre, kuala so agora para ti?

La ija? O la madre ke se kita los ojos por dar a ver?

Dio santo, los ojos apretados me dejan komo en la trupa de bestia, kontando animales para poeder dormir. Saviyas ke dormida avlo kon mejor lashón, kon mayor koza de soltar la lingua? Me esto akodrando algo ke ambezí de oyido, komo una kantika de kuna ke ainda kantas en la viejes. Prime ke te estés en mi oyido, prime ke no me dejes, prime ke agora mos agamos el aver liviano, ke mos kedemos injuntas aki, avlando las dos entre la vida i la moerte.

Pisapapeles

¿El ladino o judeo-español es una lengua que conserva los arcaísmos, la musicalidad, la huella del tiempo "detenido"? ¿Cuál es *su* tiempo? ¿Su tiempo es sólo pasado? ¿Cuándo dejó de decirse "meldar" en la edad media de la península y comenzó a emplearse "leer"? ¿Por qué en ladino sólo se usa *meldar*?

¿Cómo nombrar al cine, al teléfono, a los instrumentos de la vida moderna? Algunas voces como *ande, endenantes, ansina, semos, aiga, mezmo* se emplean entre la gente menos letrada en distintas regiones de América Latina, mientras que en *muestra lingua* son expresiones cotidianas.

Los campesinos preguntan *ande juites?*, tal como lo decían los abuelos y bisabuelos en la lengua de la diáspora judía que salió de España tras el Edicto de Expulsión de los Reyes Católicos, decretado el 31 de marzo de 1492.

En la historia del judeo-español se entrecruzan tiempos y naciones en los que una comunidad, sin proponerse un programa de resistencia, lo siguió hablando y transmitiendo a los suyos en forma continua durante quinientos años. El judeo-español no nació en la España donde convivieron árabes, cristianos y judíos durante ocho siglos, sino en el momento de su separación de la península. Fue ahí, en ese exilio, cuando el castellano del siglo XV que hablaban los judíos tuvo sus primeros contactos con las lenguas de las distintas patrias por donde se estableció la comunidad. Aun así había, como es natural, palabras usadas por los judíos españoles antes del decreto. Un ejemplo es la palabra "domingo" que, desde entonces hasta el día de hoy, se sigue usando en ladino como *alhad*. Esta palabra de origen árabe, *al had* ("el primero"), resultaba más adecuada que "domingo" (*Dominicus*, "día del Señor"), de implicación cristiana. En hebreo "domingo" se dice *yom rishón* ("día primero"), el mismo concepto que *al had*.

A finales del siglo xv, cuando los judíos se vieron obligados a abandonar España, continuaron empleando su habla de manera cotidiana y natural. Con el tiempo la lengua fue llenándose de expresiones, giros, exclamaciones, gestos verbales o híbridos de dos o más palabras recogidas de todos aquellos destinos. Así, en algunos países de Europa y África se incorporaron nuevas voces tomadas de las lenguas vernáculas.

El ladino es el nombre más común de todos los que se emplean para designar la lengua. Se le llama también lengua sefardí, judeo-español, *djudezmo, djudió, djidyó, spanyoliko* o *spanyolit* y *yahudice* ("judío", en turco). La palabra "ladino" se propagó con mayor popularidad. En sus orígenes, el término correspondía a la repetida costumbre de los rabinos de traducir al español, palabra por palabra, los textos bíblicos, conservando la sintaxis hebrea, por extraña que sonara en español. A esa labor se le llamaba *fazer en latino*. Con el tiempo el término se transformó a "ladino". Para algunos especialistas, "ladino" sólo debe aplicarse a la traducción palabra por palabra del hebreo al español de los textos sagrados durante la Edad Media. Se trata de un registro anterior al judeo-español. La *Enciclopedia judaica castellana* de 1949 explica, con menos complicaciones, que el ladino es romance o castellano antiguo: "El nombre proviene de *latino* y se aplicaba por los judíos a la lengua del país, para diferenciarla del hebreo. Después de la expulsión, *ladino* llegó a ser sinónimo de español, pero en la forma en que lo hablaban los desterrados". De modo que, por incorrecto que resulte llamarlo "ladino", es la designación más usual en la actualidad.

Una de las hablantes más activas hoy en día, la Señora Rachel Amado Bortnick, una autoridad en el conocimiento y difusión de la lengua, nacida en Izmir y avecindada desde hace tiempo en Texas, afirma que "asegun el Dr. Haham Isaac Jerusalmi, *ke yo konsidero el maestro par-excellence de la lingua, es el mijor nombre ke podemos uzar.*"

Las palabras están en constante evolución porque se desplazan, se impregnan de usos nuevos. Se ignoran detalles más eruditos para dar paso al empleo cotidiano. Se gana terreno sobre otros criterios.

Muchas expresiones en judeo-español se deforman "para que no suenen obscenas o para que solamente los iniciados las reconozcan", nos dice la *Enciclopedia judaica castellana*. En Bosnia, una prostituta es *muchacha buena* y *el güerco que no te lleve* significa "¡que te lleve el diablo!"

Infinidad de estudios sobre palabras de distintas lenguas filtradas al ladino dan cuenta de las lenguas contenidas en el judeo-español. Por ejemplo, del árabe (*kebab*, "carne al carbón"), del hebreo (*taam,* "gusto"), del griego (*papú*, "abuelo"), del turco (*kaimak,* "nata"), del francés (*bijú*, "joya"), del italiano (*nona*, "abuela"), del búlgaro (*dushko*, "alma"). Y también a la inversa, pues al ladino lo llaman en Israel *spanyolit* y del español han hebraizado palabras como "haragán" *(haraganut)* o "mentirosos" *(mentirozim).*

El judezmo no participó de las transformaciones de la lengua castellana y, por ende, conserva esos matices arcaicos como *mezmo agora* (también ahora), *burako* (hoyo); *aldikera* (bolsa); *aedados* (viejos, gente mayor); *mansevez* (juventud), *chikez* (infancia).

Kantikas

Muestros desejos van enmeleskándose unos kon otros i en esta kon-
fusyon de la vida raro es ke una alegriya venga a toparse djusto
anriva del desejo ke la yamava.
    Meldo esto en el segundo livro de Proust,
                i las dos madres ríyen
                por todo kualo avlo con eyas

Pisapapeles

Entre lo estático y lo móvil, entre lo que ha permanecido y lo que se ha transformado, puedo seguir la huella de una lengua llena de ecos que me lleva de una zona del oído a un lugar primitivo donde se dice que el tiempo puede escucharse. Es la misma sensación del espeleólogo que ha perdido a sus compañeros en la oscuridad. ¿Qué hace sino gritar sus nombres? Sabe que el sonido es la única linterna para iluminar su desamparo.

Sabemos en qué momento comenzó su diáspora, pero no es fácil detectar todas las formas en que el ladino ha evolucionado durante los siglos que nos separan desde entonces. Aparece aquí una paradoja de movimiento: su carácter lingüístico del siglo xv (la fijeza) y el proceso evolutivo que durante cinco siglos ha venido registrando (el desplazamiento).

El grito viene después.

Distancia de foco

Desde hace mucho trabaja en casa una muchacha muy joven y muy lista. Ya aprendió a comunicarse con mi abuela en ese español arcaico. Hace los tonos, las inflexiones y distingue la "b" y la "v". Por ejemplo, para decir *buvajada* (tontería), pronuncia "bafashada". Tiene muy buen oído. Es la única persona con la que, entre risas y burlas, digo palabras en ladino fuera de los viejos de mi familia y sus conocidos.

Se llama Vicenta y para llamarme a cenar, me grita a todo pulmón:

—*Ayde, ijika, ya esta presta la kumida.*

Me fascina que Vicenta sea mi cómplice, que me endulce el oído y tenga con nosotros una camaradería mordaz hacia mi abuela.

Yo le explico a Vicenta que detesto el búlgaro porque mi familia lo usa para decirse secretos y dejarnos fuera de la conversación. Además, suena mal cómo pronuncian las "eles" flexionando la lengua en el paladar, haciendo la boca gorda y cerrada.

Mi madre me cuenta que cuando niña, en un invierno especialmente frío, fue al Mar Negro y patinó sobre sus aguas congeladas. Yo no consigo meterme en la cabeza que mi mamá fuera una niña; menos todavía que hiciera algo tan misterioso como patinar al aire libre en un país de viejos (nunca he conocido a un niño búlgaro). Tampoco entiendo que el mar llegue a hacerse piedra.

Con el tiempo, dudo. ¿Será un falso recuerdo, un recuerdo inventado, una exageración de mi madre? Encuentro este dato consignado por la NASA: "Durante el invierno de 1928-1929 algunas zonas costeras se congelaron de cuarenta y cinco a sesenta días. Sólo la parte noroccidental del Mar Negro se congela durante los fríos inviernos, pero en esta zona los puertos y ríos pueden congelarse por más de un mes".

Montarme en la memoria falsa de mis muertos, en las certidumbres de una vida que parece transcurrir en otra dimensión; la vida de los otros que entra a nuestra corriente mental como el brazo de un río que lo hace más caudaloso, que nos arrastra, mezcla las aguas, a tal punto que no logramos distinguir de qué afluente emanan. Percibimos la corriente llena de peligros, tal como esas aguas del mar congeladas donde los niños patinan en invierno sin saber que apenas más abajo hay una vida compleja organizada en la oscuridad.

Distancia de foco

Un jueves de octubre de 1981 mi tío Milcho, hermano de mi madre, al volver de su trabajo se hundió en su sillón de siempre, trepó los pies al otomán y se quedó dormido. Yo ya casi me iba. Entré de puntas a recoger mis cosas pero él abrió los ojos, me pidió que le encendiera la televisión, que me sentara un rato. Accedí por mi habitual fascinación de complacerlo. Llevaba una bata casera sobre los pantalones grises de casimir y una cobija a cuadros tapándole las piernas. Su mujer le acercó hasta el sillón un plato hondo con caldo de pollo humeante y, aparte, unas berenjenas asadas con unas empanadas de queso espolvoreadas de ajonjolí, mejor conocidas como "borrequitas". Siempre comía con un apetito feroz y respiraba con fuerza mientras devoraba lo que tenía enfrente.

Desde los ventanales del sexto piso de ese edificio contiguo a las vías del tren que absurdamente atravesaban por ese —de por sí caótico— punto de la ciudad, se divisaba la Luna, que parecía la esclerótica de un ojo flotando en el cielo de la Ciudad de México. Se dice que las lunas de octubre son memorables.

Se acababan de escuchar los últimos silbidos del tren mezclados con el ruido de los coches cuando mi tío pidió que nos calláramos. El conductor del noticiario anunciaba: "El Premio Nobel de Literatura fue concedido el día de hoy al escritor de origen búlgaro Elías Canetti". Después de pegarse con la mano derecha en la frente y de repetir dos veces el nombre de "Elías, Elías", enmudeció. Quizá miraba por dentro las bancas de su salón de clase en Russe o Rustchuk, como le llamaban en tiempos de la ocupación turca, a esa ciudad al norte de Bulgaria. Milcho (forma cariñosa de llamar en Bulgaria a los Emilios) me contó que, después de segundo o tercero de primaria, nunca más volvió a verlo ni supo dónde pasó las guerras, menos aún tenía idea de que fuera un afamado novel-lista (así lo pronunciaba). Lo que sí podía recordar es que, como judíos sefardíes, solían decirse secretos en la escuela usando una lengua que nadie más que ellos comprendía. Eso los acercó a tal grado que sus madres, por medio de esa amistad infantil, también se conocieron. Es difícil concebir a la abuela Victoria amistándose con la madre de Canetti. Una mañana se saludaron en la entrada del colegio contiguo a las murallas de la ciudad.

(El origen del apellido "Canetti" es "Cañete"; por eso, mucho tiempo después, cuando ya era un escritor célebre, lo hicieron "hijo predilecto" de Cañete, ciudad española de Cuenca donde se levantan unas hermosas murallas de origen andalusí que seguramente el escritor relacionó con las de su ciudad natal a orillas del Danubio en Bulgaria, allí donde su madre y mi abuela conversaron una mañana en ladino a las puertas del colegio.)

En cambio mi tío, Emilio Yosifov, no era "hijo predilecto" de nadie (ni de esa temible madre "Victoria, la victoriana" que lo castigó por rebelde más que a ninguno de sus hijos), pero presumía, en cambio, que su apellido fuera tan célebre que todo el centro de Praga se llamara casi como él: "Josefov"; esa Praga de la que Canetti se ocupó al hablar con veneración de Kafka en *La conciencia de las palabras*.

Canetti —y esto lo descubrió al leer las notas de prensa los días siguientes al anuncio del Nobel— estudió la carrera de ciencias químicas, igual que él, aunque mi tío, dedicado más al hedonismo que al estudio, la terminó a duras penas. Ninguno de los dos tenía padre. Ambos mantuvieron una relación particular con la lengua que sus antepasados se llevaron de España. Eran demasiadas coincidencias, demasiados puntos de unión.

No sé si semanas o meses después de esa noche lo encontré envuelto en la misma bata que le caía sobre los pantalones grises de casimir leyendo *La lengua absuelta* de Canetti, obra de ese lejano primer amigo escolar que regresaba a su vida ahora, casi un anciano. En la cuarta de forros se apreciaba el retrato de ese hombre con melena totalmente blanca, peinada hacia atrás, bigotes anchos y la mirada suelta, envolvente, bonachona; imagino que esa misma mirada le lanzó un mediodía en Rustchuk, al verlo comer pan ácimo con jalea de frutas durante la pascua judía. Por eso se acercó durante el recreo con los ojos muy abiertos, como quien descubre algo inesperado:

—*Milcho, I tu komes esto? I tu sos djidyó?*

No se lo dijo en búlgaro, la lengua del país donde vivían, ni en alemán, lengua en la que ambos estudiaban, sino en ese español con giros arcaicos, la lengua que desde esa edad hablaban con perfecto acento, heredado de sus respectivas familias. De esa forma podían darse a entender ante el asombro de sus compañeros, que jamás tuvieron acceso a sus conversaciones secretas.

A pesar de que la familia Canetti era tan rica y con acentos aristocráticos, Elías nunca tuvo un aire de niño superior y hasta compartía con Milcho sus galletitas untadas de caviar. *Aide, kome un biscuit, kome dos, Milcho, ke te plaze tanto lo ke tengo en esta aldiquera.*

Kantikas

La muela del djuisio

Otrún diente me nasió?
A bailar ande kayar konviene

Mejor la boka
Bien serrada

Sin premura i en arrovo
El dezir del korason:

Me den ainda dos mitades
Ia se save

Nada evita esta dulor
Ainda ansí

Otrún diente me nasió?
A bailar ande kaiar konviene

Mejor la boka
Bien serrada

Sin batires i en arrovo
El dezir del korason:

Ia se save
Nada evita esta dulor

Ansina i todo
Ainda mostro dentadura

Kon premura i sin batires
Vea el mundo

Lo salido
I el mo en ke renaze

Entierrada, deskisiada i al rovés
La muela del malo djuisio

El venzimiento de la edad
Ke avansa mes kon mes

Molino de viento

En la parte central del circo, la domadora enciende una rueda de fuego para que el tigre cruce el círculo en llamas y caiga del otro lado sin quemarse. Se le disponen dos bancos, uno más alto que el otro. La gente, como en los ritos medievales, se golpea el pecho. Hay hombres con monóculos, mujeres ataviadas con sombreros cubiertos de tul. El tigre sortea los obstáculos con una gracia reconocida por los cientos de espectadores que se golpean y gritan de placer.

La domadora anuncia sin palabras el último acto e introduce la cabeza en las fauces del tigre. Por eso le pido a mi papá que me cargue, quiero sentir sus brazos en la creciente del miedo. Pasada la suerte, la domadora se echa al piso con el tigre encima de su espalda. La escena sigue: el tigre permanece en la espalda de la mujer, la está agrediendo. En los altavoces se escucha una voz agitada, jadeante:

—Señoras y señores, un médico, necesitamos un médico con urgencia. Alguien del público, por favor, alguien.

Un río de sangre comienza a brotar a un costado del cuerpo de la mujer. El tigre la devora. La gente se arremolina hacia las puertas de salida, se violenta, se transforma. No sé cuánto tiempo pasa, flota una confusa sensación de miedo cuando irrumpe nuevamente la voz con respiración agitada de falsa tranquilidad:

—Señoras y señores. El peligro ha sido controlado. El espectáculo continúa. Vuelvan a sus asientos. Se les invita a volver a ocupar sus lugares. Atención.

El tigre, que ya ha olido la sangre, se aleja del cuerpo; su hocico enrojecido se bate sobre las paredes de lona. La voz que pedía calma ahora habla en ladino:

—*Senyoras, senyores. No podemos fuyir de muestros destinos, todos estamos moertos, ninyas, ninyos, domadores, fieras. Todos moertos.*

No sé qué más dice. Yo me abrazo a las piernas de mi papá para salir del circo cuanto antes, siento que el tigre se va contra mí. Subo la cara para pedirle que me cargue, pero entre la multitud lo pierdo de pronto. Veo en cambio a mi abuela Victoria casi frente a mí; me habla con extrema dulzura:

—*Sentites kualo dijeron? Estamos moertos. Nadien te va a matar, sos moerta i tu.*

—¿Dónde está mi papá?. Me quiero ir con él.

—*Tu padre esta en los ornos, ijika, ande keman a las linguas del avlar.*

No sé de qué me habla; desde allí veo a la domadora bocabajo envuelta en una nube carmesí. No ha quedado nadie. El tigre, la gente, mi padre, mi abuela, todos se han ido de pronto, menos la domadora muerta y yo. *"Sos la ultima kreatura"*, me dice una voz adentro.

Y entonces, de las distintas niñas que integran mi persona, se levanta la miedosa, cuya voz escucho más de la cuenta. Pongo la mano en la garganta, como otras veces, para oírla hablar.

El terror habla adentro con la voz cambiada como los *dibuk*, esos espíritus que son el alma de alguien muerto encajada en el cuerpo de un vivo, obligando a la persona a comportarse como "otro" y hablando a través suyo con distintas voces.

Me susurra la voz con un tono rasposo pero agudo: "Las cosas de las que más huyes son las más difíciles de evitar".

Y entonces me ovillo junto a la domadora muerta, hasta quedarme dormida.

Distancia de foco

—¿Por qué se llama Zimbul? ¿Qué clase de nombre horrible es ése, abuela?

—*El nombre de mi ermano es ansina, el Dio lo guadre kon si, no avles de estos modos de la famiya i de sus nombres… mazal preto tendras…*

—Es que Zimbul suena a nombre de payaso.

—*Grande es la tu boka, ijika…*

—¿Grande?

—*Avlas por avlar, ama ya dizes vedrá alguna vez.*

—¿Cuál verdad?

—*Te kontaré.*

Y me dice que si el tío Zimbul viviera, tendría cien años, como el castaño de la India que medía quince metros afuera de su casa en Sofía.

Después me cuenta que su hermano tuvo un negocio para enterrar gente. ¿Será por eso que mi *"boka dize vedrá"*? Y me explica que los judíos creen en la *shehiná*, el principio femenino de Dios y ese halo se percibe tan pronto te mueres.

La ora ke sale la alma del puerpo ve la klaridad de la shehina, i de akel miedo le sale zera del puerpo. Por esto kale mirar bien de fregarle las karnes […]

61

Me explica que la familia de cualquier judío muerto en Pasarjik iba a ver a Zimbul porque él se ocupaba de transportar a los muertos de la casa o del hospital a la sinagoga y de la sinagoga al cementerio. El resto de los servicios los llevaba la comunidad. Lavar a los muertos con un jabón especial, envolverlos en sábanas blancas conforme a la tradición, prepararlos antes de guardar sus restos. Sólo la gente santa llamada *jevré kadish* cose las mortajas y hace esa compleja labor. Todos los que preparan muertos deben llevar una dieta, jamás mezclar leche con carne; nadie que no guarde las tradiciones puede hacer esta labor. Lo saben por la Biblia: "No cocerás al cabrito en la leche de su madre", y por eso llevan dos vajillas en las casas (una de lácteos y otra de carnes... qué suerte que nosotros no hacemos eso... además los que lavan muertos deben guardar el sábado y no pueden divertirse como mi hermano, mi prima y yo).

—Ah, ¿tú lavabas muertos, abuela?

—No, *hanum*... *ama tu podras fazerlo kuando seas mujer i no este mo de kreatura. Ken lava moertos debe mirar bien de fregar las karnes...*

—¿Estás loca? Yo no voy a dedicarme a lavar muertos. Yo quiero ser pintora.

—*Tu vas a lavar moertos ijika, es mitzvá.*

—Pues entonces ¿por qué no te dedicas a eso tú?

—*Tenesh siempre ke dezir el biervo ultimo?, no konosesh edukasion... enfasia tu mala kompanya.*

—Pues si soy mala compañía vete a vivir a otro lado, con tu otro hijo, porque ésta es mi casa.

Y toma su bastón, lo levanta con la boca apretada haciendo el gesto de estrellármelo en la cara. Justo con esa expresión la imagino lavando muertos y guardándolos en un refrigerador.

Por la noche llega mi madre. Corro a besarla y a preguntarle si nuestro tío Zimbul de verdad lavaba muertos.

"No", me aclara. Él tenía un negocio en Bulgaria de salchichonería y carnes frías.

¿Habrá relacionado mi abuela la carne de los muertos con las carnes frías sólo por maldad o por meterse al carril de su acostumbrado lenguaje paralelo?

Distancia de foco

Un viaje larguísimo a Acapulco en un Buick negro de principios de los años cincuenta. Miro por la ventana trasera del coche. El paisaje al revés me hace contar los árboles que pasan como latigazos. Salir a Acapulco es levantarse de madrugada, sufrir unos calores que sólo se soportan por la dicha de llegar al mar caliente, tan distinto al de aquellas tierras frías.

Iguala, Tierra Caliente, Chipancingo. Sopor, ansias, inquietud. ¿Cuánto falta? A ver quién ve primero el mar. Yo gané. No, gané yo, dice mi hermano convencido de que así comenzó la guerra de Troya.

En la madrugada, antes de que salga el sol, me despierta mi papá.

—¿Vamos a nadar?

Con mucho trabajo me levanto, me desvisto, logro ponerme el traje de baño y, de su mano, salgo a la playa. Un aire claro con luna alumbra las olas. Entramos al agua un poco más fría que el ambiente. Unos pescadores jalan su panga hacia la arena y nos dicen "buenos días" y yo les digo "buenas noches".

El agua nos hace livianitos, veo mis piernas moverse bajo el agua y después fijo mi vista en la parte translúcida de las olas en el instante que se elevan frente a mí.

—Espérame un segundo —me pide mi padre con una ligereza que parece darle vuelta a la cara. Alguien le acerca unas llantas de hule. Metemos las nalgas en el hoyo y los pies quedan por fuera. Estamos como en un sillón saltando un oleaje que por momentos se agranda. Lo veo reírse a carcajadas. Le exijo toda su atención porque me asusta que se mueva tanto el mar. Ahí viene la ola más grande del mundo. Pon atención. Llega desde el mar de Varna. Rema y la saltamos por arriba. Ésa otra, es una chiquita que viene del mar de Mármara. La que sigue la mandan del Egeo. Ésa viene del golfo de Izmir. Ésta otra es una cortesía de Sancho y don *Kishot*.

Tengo un presentimiento y me quiero salir del agua.

Unas semanas después del viaje, la noche de su segundo infarto, vuelvo a casa convaleciente después de una operación de anginas. Cada hora me dan nieve de limón. Puedo tomarla sin pausa. Es como una adicción al frío.

Algo fuera de lugar, no sé qué pasa. La única evidencia es que toda la atención se desvía hacia él y nadie vuelve a echarme un lazo. Está por ocurrir el mayor desastre de mi infancia. Vomito. A la mañana siguiente mi padre pide que nos llamen. Entramos a su cuarto. Parece sonriente. Como una escena bíblica, posa su mano derecha en mi cabeza y me dice algo. Parece querer agregar alguna cosa pero no dice nada más. También toca la cabeza de mi hermano.

Mi padre era agnóstico, de modo que no sé si había un afán de bendecirnos o si sabía que se estaba muriendo y le daba una enorme pena dejarnos tan a destiempo, tan fuera de su amparo.

—Nos vemos mañana —nos dice con enorme dulzura— pero nunca lo volví a ver.

Nos tocamos ¿con qué?
Con aletazos.
Hasta con lejanías nos tocamos.

Me duele la garganta. Vuelvo a sentir algo que literalmente se disloca. Esa noche me horada un pensamiento: "Ojalá se muera". Y ese pensamiento —como una profecía— se cumplirá tres días después. Mis deseos son poderosos y están malditos. No era verdad que le deseara la muerte. Los pensamientos de los niños son salvajes, abuela. Ya no me lo digas, yo no lo maté.

La cuarta pared

Esta es la lingua de muestros rikordos, a los mansevos, agora, no les dize komo mos dize a mozos. Avlar ansina es avlar kon la lingua de muestras vavás i de muestras madres. Kale saver ke yo tengo madres munchas. Avlar djudezmo es despertar mi mansevés. Agora ke so una mujer aedada, ke las mis piernas no kaminan kon la presteza ke antes kaminaron, tengo este lugar: los biervos, las dichas, los rikordos. Me estas entendiendo? Tenemos un klubo ande avlamos. Ama kenes avlamos? Solo los viejos. Me plaze avlar djudezmo porke esto atada kon estos rekordros. Los mansevos, no. No tienen kuriosidá por esta lingua. Vinimos los martes al klubo del ladino en Sofia, somos 50 personas, munchas mujeres. Somos mas munchas mujeres ke ombres viejos. Tenemos unos enamorados de 80 anyos ke se dizen "korderiko miyo", "pashariko miyo". No avlan en bulgaro avlan ansina komo te esto diziendo a ti, kon estos biervos. Son enamorados sinseros. Entre eyos no ai 'kaskarear i no echar guevo'. Yo nunka dejaré de avlar ansina. Kada uno save ande le aprieta el sapato. Mi inieto no avla mas en djudezmo. Ama ya me lo deziya mi senyor padre:
> *"Korderiko es. Ya se kozerá."*

Distancia de foco

Salieron en el último barco que zarpó de Europa. Después, nadie más. Ni de Bulgaria ni de otro país. Era 1941, iban a Palestina. A ese buque subió Milcho, el segundo hijo de mi abuela Victoria. Como no podía llevarse dinero, mi abuela decidió que unos cubiertos de oro le ayudarían a vivir al menos los primeros meses. Los mandó galvanizar para disimular el valor y así evitarle dolores de cabeza en las temidas revisiones aduanales. El barco, después de una eterna escala en Chipre que duró meses, llegó a Palestina en medio de diversas emociones. Un entusiasmo mezclado con temor podía verse trazado en el rostro de las hermanas que se enamoraron en el trayecto de dos búlgaros; además, ambos eran químicos. Una de ellas, sin duda la más hermosa del buque, marcó una parte de mi destino, pues, muertos mis padres, llegó a ser mi protectora.

Pasaron todas las estaciones de un año y luego del otro y ellos en el campo, día y noche, casi sin poder salir. Los británicos vigilaban a toda hora la zona del alambrado.

En su afán de galantería, mi tío fue quebrando partes de los cubiertos de oro para hacerse de liquidez y comprarle a su hermosísima novia ¡chocolates! que, en medio de todo el desastre mundial, alcanzaban precios exorbitantes. Algún chismoso le contó a la abuela, años después, en qué fueron a parar sus cubiertos y, a partir de entonces, le agarró una inquina inexplicable a su nuera porque *"muncha gastadera, no saviya fazer ekonomiya i era esklava de su ermozura preta"*. Y una vez más se enfermó de rabia.

Un rabino llegaba al campo de refugiados un día al mes para celebrar toda clase de oficios. Atendía circuncisiones (aun si el recién nacido superaba la semana de vida), bodas, rezos para muertos y hasta el divorcio de una pareja que, al llegar a Palestina, vivió un sacudimiento tal, que decidió divorciarse como si se tratara de un acto prioritario y ritual para comenzar una vida nueva en el campo. Se habían propuesto conseguir de inmediato el *Guet*, es decir, el documento de la ley judía que reconoce la disolución del matrimonio.

Las dos hermanas se casaron el mismo día, a la misma hora, con el mismo rabino y, el resto de sus vidas, al menos mientras estuvieron en el mismo país, las parejas festejaron juntas su aniversario.

En 1948, mi tío y su esposa (quien a veces se hartaba de las miradas de admiración hacia su rostro de diva) se fueron a Sodoma. Él había conseguido su primer trabajo formal, contratado por una empresa británica, como responsable de la extracción de potasio del Mar Muerto. Ella, que había estudiado corte y confección en Varna, se encargaba de coser los uniformes, al menos parcialmente, de los trabajadores del mar. Tenía diecinueve años, era tímida, insegura, ensimismada y poco consciente de su belleza. No hablaba ni una palabra de inglés, pero podía expresarse perfectamente en ladino y en búlgaro.

Ande topí a este novio-espozo miyo ke me trujo a morar en estos modos de kalor? El bafo me unde el diya entero en este ayre mojado i no ai un respirar a las anchas.

Como toda pareja con roles delimitados, él se dedicó a traer la mayor parte del sustento y ella a mantener el orden doméstico.

Una mañana de invierno, ya en la casa que alquilaron cerca del mar, mientras Emilio se bañaba en un pequeñísimo espacio, ella lavaba su uniforme, muy concentrada en una mancha aceitosa que no cedía. Se acercó un recipiente con gasolina blanca para ayudar a disolver ese círculo de aceite, pero una gota salpicó en el calentador y, en el instante, aquello explotó sobre las piernas de la muchacha. Desnudo, fuera de sí, Emilio consiguió ayuda para llevarla de inmediato al hospital. Una enfermera tan blanca como el yogur de su infancia le cepilló las piernas sin anestesia, sobre la carne viva, hasta desollarla. La joven jamás se quejó, se mordía la mano con fuerza hasta que, por fortuna, su cerebro se desconectó y perdió el conocimiento. El resto de su vida esas piernas blancas, torneadas, fuertes, llevaron las marcas de la explosión. Al enterarse del accidente de su nuera, sin hijos todavía, le escribió una postal:

La soerte de la fea, la ermoza la deseja. Saludoza ke estes.

Y pintó la "V" de la Victoria en forma de rúbrica.

Cuando Matilde Arditi llegó a México en 1959 con una hija de nueve años que no hablaba ni jota de español, se parecía más que nunca a Ingrid Bergman. La abuela admiraba la belleza de su nieta y, aunque mi prima no la desesperaba como yo, tampoco le hizo la vida fácil.

—*Es mi inieta, ija de mi ijo i de este güeso ajeno* —me susurró la abuela al oído para sembrarme inútilmente el fastidio que siempre le guardó a su nuera.

Molino de viento

Una gaviota deslavada levanta el vuelo con un pez en el pico moteado. La escena se distingue a contraluz y se nota el momento en que el pájaro engulle a su presa, en pleno vuelo. Por la noche, al correr la persiana, adivino esa misma figura, pero no es un pez agitándose en el aire lo que sostiene su pico; es un pequeña hoja de papel. "Recíbela, es tu paloma mensajera", me dice una voz. Estiro la mano, recojo el papel a través de la ventana, con un extraño dolor de ojos que me asalta al bajar la mirada y concentrarme en una escritura barroca, trazada con esmero:

Podras topar a los tus padres empués de un riyo de aguas mui espezas.

Conforme leo, se pinta al calce de la hoja una marca de agua con una "V", color malva. La temible "V" me persigue también aquí, en otra de las estancias donde no logro quedarme dormida. Repaso las palabras. Dicen que encontraré a mis padres después de un río de aguas espesas. ¿Querrán decirme que pronto voy a morir o que ya estoy muerta?

"Si fuera posible añadir muerte a la muerte", leo en el dintel de la ventana.

Distancia de foco

Y comienzan a brotar los relatos con cierto aire meloso que podríamos cantar a voces en la tribu. Y entonces vuelvo a Proust.

> Durante estos periodos en que la pena, aun decayendo, persiste todavía, es menester distinguir entre el dolor que nos causa el constante pensar en la persona misma y el que reaniman determinados recuerdos [...] A reserva de describir las diversas formas de la pena, diremos que de las dos enunciadas la primera es mucho menos dolorosa que la segunda. Y eso se debe a que nuestra noción de la persona, por vivir siempre en nosotros, está embellecida con la aureola que a pesar de todo le prestamos, y se reviste, ya que no de las frecuentes dulzuras de la esperanza, por lo menos con la calma de una permanente tristeza.

El féretro es enorme, no sé por qué (pues mi padre es más bien pequeño), y no libra la puerta de su cuarto. Lo trasladan al mío.

Durante años veré la sombra de esa caja al lado de mi cama: otra historia de sombras cosidas.

En las noches, la ropa en los armarios pierde el color y, por la mañana, al abrir despacio me entrego a constatar el hecho. Todo está en blanco y negro. Poco a poco las telas vuelven a teñirse en tonos vivos. La fórmula es entrecerrar los ojos, nunca ver de frente y actuar con rapidez. O al contrario. Ver todo con sus colores vivos y muy lentamente ir batiendo la puerta hasta que toda la ropa regrese al blanco y negro. Siempre hay un segmento pequeño, diminuto, fugaz, que se escapa de la mirada.

No recuerdo qué más me dejó mi padre al llevarse mi niñez.

Distancia de foco

—¿Por qué estás siempre vestida de negro? ¿Te gusta mucho el negro?

—No es que me guste.

—¿Por qué siempre te ves pálida con ese color?

—No sé, hijita.

—¿Y por qué no usas rojo?

—Lo usaré en unos meses.

—No, úsalo hoy.

—No puedo.

—¿Por qué?

—Porque estoy de luto.

—¿No hay lutos rojos?

—No.

—¿Y azules?

—No, hijita, tampoco azules.

—Por favor, no te pongas esa blusa negra, mamá.

—Faltan cuatro meses para que se cumpla un año...

A diario se encierra en su cuarto. Hay un pasillo antes de su cama. Pego el oído y percibo que ella está allí batiéndose, doblándose. Yo la escucho.

—¿Llorabas ayer?

—No sé. No, no lloraba.

—Sí llorabas, yo te oí.

—Bueno, no está prohibido llorar, ¿eh? Pero tú ¿me espías? ¿Qué haces cuando yo estoy en mi cuarto?

—Oír debajo de la puerta cómo te escurres.

—Eres muy fantasiosa, nadie se escurre por ningún lado. Y me acerca a su regazo. Hundo la cabeza en su pecho, imagino que allí adentro está llena de secretos.

Ella está abrazada a otro mundo y me responde difuminada, pálida, dulce, ausente, deslizada a un vacío que también a mí me escurre hacia lo que desconozco.

Como Barthes, escribo, lo transcribo y aunque cambie de fecha el sentimiento es calcado: "Algunas mañanas son tan tristes…"

Molino de viento

Bajo del tren después de un viaje interminable, ¿por qué llego a una estación casi vacía? Nadie me espera y no recuerdo a dónde debo dirigirme ni por qué he hecho un viaje así. Encuentro a una anciana sentada frente al reloj en el área de las vías. "Señora, ¿puede decirme el nombre de este pueblo?" Me contesta en otra lengua: no le entiendo. ¿Habla usted francés, español, hebreo, búlgaro, turco, italiano, ruteno, yidish, véneto, ladino...? Comienzo a disparar palabras en cualquier lengua, me brotan solas en medio de un estado de visible pavor. Dígame, por piedad, ¿a dónde he llegado? La anciana se levanta con trabajo, abre un bolso raído y saca de ahí una botella de agua turbia. Me hace señas para que beba un trago. No sé si es de buena intención lo que me ofrece, lo bebo, sí, porque no hallo cómo negarme. Tomo esa especie de aguamiel con una fermentación que comienza a calmarme. Creo que estoy mejor. En mis pensamientos hay una compuerta que me lleva a otro lugar y esto me recuerda un sueño: dentro de mi casa aparece otra casa habitada que nunca había descubierto. Pensamientos que sólo muestran su silueta, no se revelan del todo, pasan como el fotograma de una película cuya velocidad es más insinuante que la figura trazada. Volteo a ver mi reloj. Me marca las seis. No entiendo si es día o noche. Trato de escuchar el lenguaje externo, si hubiera pájaros o gente que se dirige a sus obligaciones, si van o vuelven. Salgo despavorida buscando la calle fuera de la estación. Junto a la taquilla hay un letrero con mi nombre. Puedo leerlo perfectamente. Esto me ofrece un consuelo, una brújula en el tiempo y el lugar. Arranco ese papel, lo guardo en mi maleta y en la banca del pequeño jardín, frente a la estación, lo busco, voy a leerlo, a memorizarlo, es lo único que encuentro, mi única salvación.

El paisaje ya está despertándose, los bosques se desperezan, como para despejarse el sueño, con movimientos lentos y vagos. Todo huele tan limpio como si estuvieras regresando a otro país, a un país que fue tu patria en el principio de los tiempos.

Kantikas

Injunto de mi
Un senyor beve kafe turkí
Kravata vedre i ojo hazino
Imajino ke save kualo esto pensando

En la machina del tiempo avrá sido mi padre?
mi partero?
mi entierrador?
Los pásharo pretos suven al folyaje

—Nochada buena —le digo—
So yo ken avla adientro de su tasika de kafe.
Kero ke me tope afuera
En los kaminos de letche
Ainda no lo konosko
Ama kero bezarlo
No so mujer de muncho fiadero

Del diario de viaje

Antes de llegar a Plovdiv —la segunda estación de mi visita a Bulgaria y el sitio donde nació mi padre— llevo conmigo una referencia. El nombre de la señora Ivette Hanaví, nacida en 1919, profesora de ladino y autora de varios libros que van desde recetas de cocina hasta la traducción al búlgaro de un manual francés para aprender judeo-español de Marie-Christine Varol y publicado en Francia por el Instituto Nacional de Lenguas y Civilizaciones Orientales.

La ciudad está a tope y sólo podemos conseguir hotel para un día. Le llamo a Ivette, a quien no conozco, para pedirle ayuda. ¿Quizás alguien quiera alquilarnos una habitación en alguna casa para una sola noche?, le pregunto con timidez. Después de varios telefonemas me remite con una pareja que parece estar dispuesta a recibirnos por ese día. Ivette nos dice que llamemos al rabino de la ciudad.

¿Al rabino? ¿Qué clase de rabino? ¿Ortodoxo, de esos que no tocan a las mujeres, que usan sombrero y se dejan las *peyot* en forma de rulos? Nunca me han gustado las *peyot* ni esos hombres, la mayoría fanáticos. Son "pingüinos" de vestimenta negra y blanca. No quiero llamarle, aunque sé bien que no tengo muchas opciones.

—*Buenos diyas. Kon ken avlo?*
—*Yo so Rivka, la mujer del rabino Samuel.*
(Y esta Rivka, ¿usará peluca como las mujeres religiosas que sólo muestran su cabellera a los esposos? ¿Caminará con

torpeza con sus empeines hinchados como la mayoría de las religiosas a las que parece pesarles la cadera?)

—*Merci munchas por avlar kon mozotras. No kero molestar* —le digo con franqueza.

—*Kuantas noches keresh kedarvos?*

—*Sólo una.*

—*Bien. Ama mozos no lo fazemos por tomar parás.*

Mi amiga Heny, presente en cada uno de los sucesos de este largo viaje por Bugaria, está conmigo. Le comento que están dispuestos a recibirnos y además sin *parás*, no quieren oír hablar siquiera de dinero. Me resulta increíble. Quizá el precio de su favor sea obligarnos a rezar por cada paso que demos. Bendecir que te levantas, que comes, que bebes, que te lavas las manos, que despiertas, que te vas a dormir. Quizá deba explicarles que no somos religiosas, que somos impuras, que mezclamos lácteos con carnes, que los sábados nos vamos de fiesta, que adoramos a nuestros amigos "gentiles", que además veneramos a la Virgen morena del Tepeyac, que estaríamos dispuestas a marchar en una manifestación del orgullo "goy", pero que somos judías y amamos nuestra condición. Rivka me explica cómo llegar. Un departamento en el bulevar, frente al río Maritza.

Al entrar a la calle vemos una serie de edificios modestos, con la pintura carcomida. Subimos al primer piso y tocamos la puerta. Es viernes.

—*Seash bienvenidas* —nos dice la mujer extendiéndonos la mano. Atrás se asoma un hombre sonriente vestido con camisa blanca. No llevaba *kipá* y mucho menos esas *peyot* por afuera del sombrero. Me siento salvada de no entrar a un departamento de pingüinos. Nos pasan al salón modesto y gracioso, nos ofrecen café turco aromatizado con cardamomo que después del largo viaje desde el Mar Negro nos irriga el cuerpo como un aceite curativo. Hablamos la mayor parte del tiempo en ladino aunque mezclamos frases en hebreo. Ambas lenguas las dominan a la perfección. Samuel, el rabino, tiene ochenta y tres años e irradia un ángel que lo hace parecer sensiblemente más joven. Es un hombre curioso, con magnífica malicia. Al inicio de la conversación le explico que mi padre nació en su ciudad.

—Me produce un escalofrío estar aquí, le agradezco el gesto de recibirnos —pero Samuel, el rabino de Plovdiv, no admite la menor solemnidad de agradecimiento y no me deja terminar la frase.

—*Bavajadas i patranyas* —dice con un buen grito. Y suelta una carcajada tan sonora y abierta que inmediatamente alivia la tensión de quienes llegan a hospedarse en casa de gente desconocida—. *Si vash a kedarsen aki un anyo entonses es koza seryoza, kale i dar eksplikasyones, ama si no, bevan kafe i gozemos.*

Le expreso que mi mayor deseo en Plovdiv es decir *Kadish* por mi padre en su ciudad natal. Esa oración para los muertos en el oficio judío se dice de pie y sus extrañas palabras en arameo son de una belleza sonora que siempre remite al amor por los seres queridos. El *Kadish* es un panegírico a Dios que sólo se reza en público. Es indispensable la presencia de al menos diez hombres judíos que hayan hecho su *bar-mitzvah* para pronunciar en un oficio sus palabras. Nunca me aprendí el *Kadish* de principio a fin, pero apuesto a que los hombres de casi toda familia judía hasta dormidos son capaces de repetir estas palabras de sonido bizarro. Incluso saben en qué momento sacudir el cuerpo con inclinaciones y movimientos pendulares o de atrás hacia adelante. Algunos no entienden nada de lo que dicen pero saben ante qué palabra mecerse. Como todo rezo antiguo, el *Kadish* contiene una carga poderosa que ha sido repetida por milenios. Durante generaciones y generaciones, miles, millones de deudos, han dicho estas palabras en momentos de dolor. Nunca tuve necesidad de aprenderme esas palabras. Todas las religiones monoteístas excluyen a las mujeres y nadie reclamó mi presencia al pronunciarlas. Sin embargo, me siento inexplicablemente cercana a su sonido.

Yitgadal, veyitkadásh shemé rabá. Beálma di-verá jir'uté veyamilij maljuté, veyatsmáj purkané, vikarév meshijé. Bejayejón uvyomejón uvjavé dejól Bet Yisrael baagála uvizmán kariv veimrú amen.

—*Tenesh soerte* —nos dice el rabino— *porke el Kal o "el templo" komo vozotros lo yamash, solo avre viernes la tadre. Somos 300 djidyós en la sivdad. No se fazen kazamientos. Nada no se faze. Solo los ofisios del shabath. Ah! I en el semetier, los entierros.*

Y Samuel vuelve a reírse con la boca abierta haciendo una gran "O". Noto que sus dientes son suyos, blancos, macizos.

—*Por kualo no se azen kazamientos?* —le pregunto.

—*Por kualo? Aki no ai djente. Nadien se kaza, no ay matrimonyos muevos, nadien tiene ijos. Todos somos aedados. No kedó mas nadien aki.*

Nos confiesa que él no es en realidad un rabino formado. Después de la Segunda Guerra, la comunidad judía búlgara quedó reducida al mínimo. Plovdiv, que antiguamente se llamaba Filibé (en memoria de Filipo de Macedonia, padre de Alejandro Magno) quedó, como muchas otras ciudades del país, con pocas familias judías. La mayoría salió con rumbos diversos, muchos se fueron a Israel, donde los búlgaros son parte del amplio espectro de la sociedad contemporánea.

—*En mi chikez me ambezí a meldar evreo kon mi padre. Dospues de la gerra nadien kedó aki ke supiera fazer los resos i orasiones, ansina fue ke dije "aki esto yo". Fui del partido komunisto ama agora pasí a ser el raví de Filibé.*

Y el estruendo de otra carcajada hace que la superficie del café turco se mueva con las ondas de su risa.

—¿Ustedes por qué no se fueron?

—No se por kualo no mos fuimos. Mos akodramos ke en algunas sivdades de Evropa se pintavan en los muros: "Djidyós tornen a Palestina". En Palestina pintavan en los muros "Djidyós tornen a Evropa". Mozos nos kedimos aki, en kaza.

Pisapapeles

Hay palabras que sólo existen en un idioma porque pertenecen a esa visión del mundo y a ninguna otra. A menudo los traductores se quiebran la cabeza para desbaratar el significado de una palabra que no tiene correspondencia en ningún otro espacio lingüístico. Los hindúes hablan del *krishna* azul. La palabra *wandern,* en alemán, equivale a errar, caminar, desplazarse. En la tradición germánica existe una serie de *wanderlieder,* canciones para pasear por los bosques. Las letras celebran a la naturaleza, pero también ese recorrer el mundo. Más que en el sentido de "vagar" es de "madurar". "Dejar el *wandern* y sentar cabeza."

Los hablantes del hebreo saben que la palabra *adamá* (tierra) está formada de Adam (el primer hombre) y *dam* (sangre), porque de "arcilla" *(adamá)* y "sangre" *(dam)* fue hecho el primer hombre.

Los japoneses, desde pequeños, aprenden que existe el *tatemae,* pensamiento que se expresa en público y nunca debe ser descortés; y el *honne,* lo que se piensa de verdad y que sólo puede ser expresado en un ambiente de confianza y cercanía. El lenguaje registra esas posturas internas.

Para los babilonios referirse a *Mashu* era hablar de montañas gigantescas, especie de pilares de la bóveda celeste pues el cielo, para ellos, era un espacio sostenido. También en su lengua, *karsu,* literalmente, significa "estómago", como nos lo hace saber Silva Castillo (el magnífico traductor al castellano del poema *Gilgamesh*), pero por extensión también se emplea como interior del cuerpo e incluso del alma y, en ciertos contextos, puede interpretarse como "ansiedad". Eso es algo que todos podemos comprender, pues en el estómago se reciben esas tensiones que producen úlcera y gastritis, pero sólo ellos, los babilonios, encontraron esa palabra como un comodín que designa a un órgano y a la emoción que lo golpea.

Por otro lado, sabemos que en inglés decir *I have the blue*s significa algo más que estar en un estado melancólico. En todo caso, asignarle tristeza a un color es algo propio de esa cultura, que también designa con el blues a todo un género musical. Y no olvidemos la magnífica expresión *out of the blue* que, en su traducción literal, nos remite a una especie de asociación onírica cuando en realidad se refiere a una forma intempestiva de reaccionar, a una ocurrencia inconexa con el entorno. Se le ocurrió decir tal cosa, la dijo de la nada: *out of the blue*.

En castellano existe una diferencia entre "ser" y "estar", incomprensible para casi todas las lenguas. Estas marcas de la tribu son tan únicas e irrepetibles como las huellas digitales.

El escritor francés Marcel Cohen le escribió a su amigo Antonio Saura una memorable carta en ladino. La lengua le trae ecos de las jarchas:

Kuando se bozea tu lingua, kuando se deskae, kuando deves serrar los ojos, soliko en tu kamaretika i pensar por oras antes de trucher dos biervezikos a la luz, kuando no ai nada ke meldar en tu lingua, dinguno de tus amigos por avlarla kon ti, kuando el poko ke te keda no lo vas a dechar a dinguno después de ti [...] saves ke la moerte avla por tu boka. La moerte avla por mi boka... A vedrá dezir, ya esto moerto yo.

Molino de viento

Entro al baño de la sinagoga una mañana. Hay una mujer vestida con una túnica color perico. Se mira al espejo y con una brocha gastada se pinta dos círculos rojos en los cachetes, como si estuviera arreglándose para un carnaval. Me acerco al grifo del agua para lavarme las manos y cuando alzo los ojos la veo alejarse a mis espaldas unos pasos. Me distraigo un par de segundos e inmediatamente siento sus manos frías sobre mi nuca sacudiéndome con saña. Quiere matarme. El corazón me trabaja a la altura de la garganta. En ese instante entra al baño una mujer joven y capta lo que está pasando. Saca de un maletín un instrumento de manicura y de la manera más natural se la entierra en los dedos. "Esta mujer salvó mi vida", pienso. Vuelvo a la sinagoga. Me parece envuelta en una nube lila. El oficiante reza a una velocidad inaudita, como si tuviera prisa por terminar. En el segundo piso de la sinagoga, los niños cantan con una dulzura que me remite a otros tiempos. De niña yo canté en esos coros. Subo a toda prisa, quiero ver quién dirige al grupo, pero me detengo en el descanso de la escalera; me llama la atención una ventana abierta a la calle. Me asomo para descubrir un manantial por el que cruza con su maletín de manicura la mujer que me salvó. Va con sus dos hijas adolescentes: el conjunto parece un cuadro renacentista. Se mojan las faldas al cruzar de un lado al otro. "Se están purificando", pienso, "debería irme con ellas". En cambio, regreso al baño. Ahí está otra mujer sonriéndome. Pide tocar el cuello de mi camisa. No puedo negarme. En ese momento me echa mal de ojo con las siguientes palabras: *El mal no es del meoyo, kale i uzar los dedos de tus manos.* Tiene las uñas rojas y descarapeladas. Un sabor a cobre me vaporiza el paladar. Escupo sobre el mosaico una saliva lechosa, como la que se espesa antes del vómito. Para limpiarme del mal, ya en mi casa, preparo la receta de una curandera oaxaqueña: hiervo un litro de agua con dos rajas gordas de canela, le vacío una botella de agua de rosas, la dejo enfriar y la meto a un aspersor. Entro a bañarme y me rocío con esa agua todo el cuerpo. En un plato blanco vierto dos puños de sal gruesa, la cubro de canela delgada y encima esparzo una capa de azúcar. En esa superficie coloco una vela roja a la que le grabo mi nombre con un cuchillo. Se queda encendida siete días y siete noches.

Para Walter Benjamin, aquel que apenas se despierta sigue aún bajo el hechizo del sueño. No debemos hablar inmediatamente del sueño nunca, a nadie. Así evitaremos la ruptura entre los mundos nocturno y diurno. Contar sueños al despertarse "resulta funesto porque el hombre que aún es a medias cómplice del mundo onírico, lo traiciona con sus palabras y ha de atenerse a su venganza. Dicho en términos más modernos: se traiciona a sí mismo".

Distancia de foco

Cuando en 1918 mi abuela Victoria quedó viuda, a sus treinta y cuatro años, de mi abuelo Ezra, sus hijos tenían uno, ocho y quince años. (¿Una tormenta hormonal vivida cada siete años?) A unos meses de este suceso prendió una pandemia, como esas plagas bíblicas, que se dispersó como pólvora en casi todo el mundo. La gente moría cada semana por centenas. Había que evitar los contagios y resguardarse. Así lo hizo la abuela Victoria. Se encerró a cal y canto para proteger a su familia. Cuando el virus pasó, mi abuela decidió que no iba a arriesgar a sus hijos. Durante diez meses, pasada ya la virulencia, permanecieron encerrados los cuatro en la calle Iskar del centro de Sofía. Para mayor alegría familiar, ella se vistió de negro riguroso todo el año.

La pandemia mató a más de cuarenta millones. (Entre las víctimas, el poeta Guillaume Apollinaire, de quien mi madre, muchos años después, representaría en su taller de teatro *Las tetas de Tiresias* —drama surrealista— ante el escándalo de mi abuela, que consideraba impronunciable la palabra "teta".) A otros, incluyendo a esta familia, la gripe española estuvo a punto de matarlos, pero de tedio y desesperación. A mi abuela le enervaba el nombre de la gripe y cuestionaba con rabia:

—*Por kualo "espanyola, bre"*? —pues pensaba que los desprestigiaba a ellos, como familia que en el interior de la casa hablaba *espanyolit*.

Para no dar de qué hablar y por miedo a morir, debían evitar a toda costa el contagio. Por eso vivieron en clausura.

—Si las religiosas son capaces, *por kualo mozotros no?* —se preguntaba Victoria. Hay un dicho en ladino que describe perfectamente la personalidad de la abuela: *Le dijeron ke se amoke ama se arrankó la nariz.* Ella no se sonaba, sino que se extirpaba el órgano para evitarse problemas. Eso explica por qué una vez pasada la pandemia decidió encerrar a su familia mientras la Tierra daba una vuelta completa alrededor del Sol.

Pisapapeles

La única forma de traducción que la memoria tiene a su alcance es el lenguaje. Sólo el materno nos da la entrada a ese valle nativo y único en el que decimos mejor aquello que pensamos. Aun cuando hablemos con soltura otros idiomas, aquel en que nos brotan los insultos, las operaciones aritméticas y las expresiones intempestivas suele ser el de nuestra lengua primera. En ella conservamos los fotogramas de toda la cinta vital que nuestro cerebro nos traduce en forma de recuerdos. Aun nuestra memoria visual, así como la de temperaturas y olores, texturas y matices que no requiere de palabras (porque sus palabras son las sensaciones), las captamos a través de un proceso de lenguaje. De modo que no es del todo extraordinario que un grupo de exiliados conserve su lengua y la transmita a los suyos durante un tiempo, pero sí resulta notable que durante alrededor de treinta generaciones el ladino se haya mantenido en efervescencia pese a que sus hablantes estaban ya integrados en distintos países europeos y africanos. Lo extraño es lo que ocurrió en algunos destinos de la diáspora.

La señora SD, doctora en Bulgaria, estudió y se desarrolló como pediatra en Sofía. El constante contacto con la realidad de su país, su vida profesional, día y noche, durante cincuenta años, estuvo siempre anclado al búlgaro. Al llegar a su casa, se retiraba la bata de trabajo y cambiaba del búlgaro al ladino. Todas sus relaciones íntimas y familiares, su lengua de hija, hermana, novia y esposa, se dieron en ese español arcaico que conoció de niña y que ya no transmitió a sus hijos de la misma forma. Sus hijos nacieron en la segunda mitad del siglo XX, momento en que la práctica del ladino comenzaba a debilitarse. La creación del Estado de Israel en 1948 y la aniquilación de cientos de miles de judíos sefardíes, hablantes naturales de la lengua, en los campos de exterminio nazi, son dos de los factores que explican este fenómeno.

—Si Israel hubiese decretado, además del hebreo, el yidish y el judeo-español como lenguas oficiales, la historia hubiese sido otra —dice con una expresión dulce.

El señor JR de Salónica pasó toda su juventud en Grecia y jamás aprendió la lengua local. La comunidad sefardí de Salónica era tan numerosa antes de la Segunda Guerra que bastaba hablar judeo-español para comprar un litro de leche en el mercado, para tratar con sastres, estibadores del muelle o amigos del barrio. Los hablantes de ladino llegaron a representar 65 por ciento de la población total, convirtiéndola en lengua franca entre los pobladores judíos, cristianos y musulmanes. El padre del señor JR pertenecía a una familia de clase media alta que decidió mandar a su hijo al Liceo Francés. Su lengua materna era el ladino y su lengua de estudios, el francés, tal como ocurría con muchos hijos de familias acomodadas. El joven JR podía prescindir del griego. Finalmente, su mundo inmediato se desarrollaba sin dificultades con estas dos lenguas. Después de la trágica historia de persecución (95 por ciento de la población que fue a dar a los campos de concentración no volvió), el señor JR llegó a México en los años cuarenta. Aprendió el español local, y aunque siguió empleando algunas expresiones insustituibles en ladino, le dijo a sus tres hijos mexicanos:

—Después del exterminio no le veo ningún sentido a insistir en esta transmisión. Para mí, el *judezmo* se murió en los campos de exterminio y me parece absurdo revivirlo.

No fue el único.

Caso aparte son las comunidades que se establecieron en Siria (familias que se distinguen, por ejemplo, por los apellidos Galante, Picciotto, Laniado). Su integración a las comunidades locales fue tal que no conservaron el judezmo como lengua familiar. Razón que explica sólo en parte el hecho de no haber continuado con la práctica del ladino, pues no es el único grupo que se fundió con la sociedad local. Las razones profundas de por qué no adoptaron esa lengua que llevaban consigo al salir de España son un enigma, aunque hay una posible explicación más. Las comunidades judías en Siria son tan antiguas que incluso se mencionan en la Biblia. Damasco, por ejemplo, es considerada la ciudad más antigua del mundo con una población continua. Cuando en los siglos XV y XVI algunos expulsados de España llegaron a Alepo y a Damasco, se integraron a una comunidad que ya estaba allí. Se fundieron lingüísticamente con el árabe de tal forma que la práctica del castellano del siglo XV se debilitó poco después hasta perderse por completo.

Pisapapeles

La mayoría de los judíos que vivían en Bulgaria eran simples y modestos trabajadores de los barrios pobres del país. Muy pocas familias gozaban de lujos. Y muy pocas también, si es que de verdad las hubo, eran prestamistas, banqueros o dueñas de negocios que produjeran envidia entre la gente. La imagen de los judíos búlgaros difería totalmente de la propaganda nazi que presentaba a "la raza" con la típica imagen de los usureros. "Nuestros judíos son españoles", le dijo el rey Boris al militar Joachim von Ribbentrop, el temible ministro de Relaciones Exteriores de la Alemania nazi. En éste "nuestros judíos son españoles" se encerraba una defensa, sin duda, pero también se hacía hincapié en la lengua que serpenteaba en el país, tan distinta a la búlgara, y que lejos de complicar, enriquecía las condiciones culturales de la nación. Los judíos no eran calificados de extranjeros peligrosos que vestían y vivían diferente, hablaban una lengua extraña y llevaban a cabo ritos incomprensibles. Muchos polacos y ucranianos odiaban a los judíos instintivamente porque parecían distintos, extranjeros. Los judíos búlgaros, en cambio, vivían prácticamente igual que sus vecinos. Entre ellos no había hasídicos, ni usaban sombreros o *talits* (mantos para el rezo); los únicos judíos barbados eran los rabinos, que difícilmente se topaban en las calles. Algunos judíos se cuidaban de comer todo *kosher*, pero la mayoría más bien apreciaba el sabor de los mariscos y de la carne común y corriente. Algunos rezaban durante los sábados y las fiestas sagradas, pero la mayoría no. Muchos trabajaban o se divertían los sábados como un día cualquiera. A los poetas, escritores, compositores de la comunidad judía, se les consideraba artistas nacionales búlgaros. Unos cuantos hablaban la lengua mejor que los búlgaros de viejas raigambres y cantaban sus canciones y sentían un profundo amor por su país. Los judíos de Bulgaria eran, en suma, una comunidad heterodoxa que no parecía preocupada por su religión. Existía una historia para describir de qué modo hasta la creencia en Dios era entre los búlgaros judíos poco popular. No así su sentido cultural, presente en sus dichos, proverbios, uso del humor, gastronomía y ciertas expresiones verbales. Se contaba, pues, que cuando Jehová bajó a la Tierra a visitar a sus comunidades, pudo entrar en todos los países del mundo donde encontraba población judía. Sólo unas puertas encontró selladas: las de Bulgaria. Los judíos no mostraban interés en visitas celestiales.

Del diario de viaje

En la estación de autobuses de Plovdiv hay un emparrado con uvas verdes y violetas que cuelga por arriba de las cabezas de la gente. Uno podría subir la mano y hacerse de un racimo. Ahora mismo quisiera estirarme y arrancar un puño de uvas para mi viaje a Salónica, pero no me animo.

Pienso en lo imposible que sería sostener esta escena bucólica en cualquier estación de transportes públicos mexicanos. Imagino a los niños trepados en los hombros de sus padres arrasando con las uvas, llevándose un buen racimo en las bolsas de la chamarra. Los búlgaros, en cambio, no parecen siquiera conscientes del paisaje surrealista a lo largo de la estación. Muchos comen *bánitza*, un hojaldre crujiente de queso y especias perfumadas que se compra en los puestos callejeros a precios irrisorios. Una delicia barnizada de un aceite muy suave y picada por semillas de ajonjolí.

Frente a la estación hay un comercio de ropa con vitrinas grandes y maniquíes empolvados de la época del dominio ruso. Nadie voltea a verlos, pero descubro a tres ingleses burlándose de esa teatralidad *naif* con modelos que más bien parecen obreros en lucha que paradigmas del diseño contemporáneo. Los grises y beiges dominan la escena. Una mujer de unos setenta años está recargada en la puerta. Fuma y tose sin cesar. Alguien entra al negocio pero a ella no le importa. Ni siquiera dice buenas tardes. Fuma y tose y tose y vuelve a fumar. Se encoge en cada sacudimiento. De pronto un acceso le pone la cara púrpura y algo pasa, deja de respirar, se desploma con todo y cigarro. La gente corre a asistirla. Un hombre grita, se moviliza la calle entera, todo cambia de lugar. Los mirones se arremolinan y, como un tornado, forman un círculo alrededor.

—*She is dead* —dice un viajero que se desprende del círculo para caminar hacia la estación.

Absurdo e incomprensible. Saco mi cuaderno para tomar notas como si fuera responsable de entregar un libreto teatral en el momento. "Mediodía. Mujer. Calle. Exterior. Muerta con cigarro en la mano izquierda." Mientras escribo, se dibuja en mi mente el contorno de una cara conocida. Estoy harta del abandono de mi padre, le digo a esa voz siniestra que me tortura con imágenes indeseables. Y vuelven esas viejas palabras que la memoria reacomoda en la aceptación del no saber.

La muerte es la otra cara de la vida que no está iluminada.

Molino de viento

Al sótano de esa enorme casa llega una escalera de caracol.
Por ahí se pasa al salón de juegos, gigante, con salida al jardín de atrás. La casa tiene varios pisos. En uno solo de ellos
cabría dos o tres veces mi casa. Al menos una vez al mes
vamos a jugar con mis primos, los ricos de la familia.

Mi tío me parece aterrador. Usa un anillo de brillantes
en la mano izquierda y sus dedos gordos y peludos son as-
querosos. Es gritón, mandón, nervioso, impaciente. Se sienta en la cabecera de la enorme mesa oval y se pone rabioso
con su mujer si la sopa se entibia o si acaso la sal le queda lejos. Una tarde, después de correr en el jardín trasero,
entro a la casa. Al buscar el baño del salón de juegos me
topo con él. ¿Dónde vas, chula? En ese momento me abraza
el hombro y sin el menor recato posa su mano abierta en
mis pechos. Me congelo. Cuántos años tienes, me pregunta
mientras echa bocanadas de un puro que me cierra la garganta. Trece, le contesto, aterrada. Pareces más grandecita,
susurra a mi oído como si quisiera decirme un secreto; dicho lo cual separa sus dedos en forma de tijera y me pellizca
con saña un pezón. Grito con todas mis fuerzas, sin pensarlo. Él me pone la mano en la boca y me advierte que si
digo una sola palabra me voy a arrepentir. Volvemos a casa
de noche, quiero decirle a mi mamá lo que me hizo el tío
mientras nadie nos veía. Comienzo, pero al rozar la escena

en cuestión se me paraliza el habla. Pienso que ella me va a decir que "no hay nada qué hacer, él nos trajo de Bulgaria". Al día siguiente me lo encuentro en la cocina de mi casa. Tomo un cuchillo y se lo hundo en la barriga. El perro lame la sangre derramada en el mosaico. Cómele el hígado, le pido a mi perro protector. El tío trata de pedirme paz y yo le pongo por condición arrancarle el dedo del anillo. ¿Es lo último? Me pregunta con acento búlgaro. Sí, es lo último, le contesto.

Lo imperfecto es el tiempo de la recuperación. Las sombras parecen más largas, nos comen el carcañal, nos dejan atónitos ante la boca sellada. Consulto y anoto:

A veces la angustia es tan intensa, tan angosta (ya que tal es la etimología de la palabra —una angustia de espera, por ejemplo—) que se hace necesario "hacer algo". Ese "algo" es naturalmente (ancestralmente) un voto: si (tú vuelves...) entonces (cumpliré mi voto).

Una expresión en ladino habla de *sentir estrechés*, es decir, angustia. Estrecho, angosto, *angst*, como la sensación de asfixia que da el miedo.

Del diario de viaje

Saco la punta de la lengua y soplo sobre ella para pronunciar el sonido de la "th" de *Thessaloniky*, la ciudad de la que tanto escuché en torno a los testimonios y horrores de la Segunda Guerra. Cuando se camina por el andador marítimo y te sale al paso la torre blanca, emblema de la ciudad, irremediablemente piensas en los ojos que miraron con terror esa última imagen frente al azul marino del golfo al momento de ser forzados a abandonar ese puerto rodeado de un vapor de tintes lilas.

Mi amiga Heny lee en voz alta un pasaje de la guía.

La ciudad recibe el nombre "Tesalónica" en honor a la hermana de Alejandro Magno. Capital indiscutible de Macedonia, con uno de los puertos más importantes del mar Egeo, unida a Roma y Asia Menor por la vía romana llamada Egnasia (o Ignatia).

No es casual que allí estemos paradas, en esa vía, Ignatia: una avenida importante y fastidiosa por el tránsito excesivo de coches y motocicletas que produce un incesante ruido, día y noche. Cambia de nombre más adelante a "Monastiriou". Está llena de humo, comercios, vendedores ambulantes, frituras y paraderos de transportes públicos. ¿Cómo habrá sido hace mil años ese sendero que literalmente comunicaba distintos mundos?

Huimos hacia el paseo marítimo y allí tomamos a la izquierda. Comienza entonces un contraste que estimula los sentidos. Llevamos el aire en contra, sopla fuerte, escuchamos al animal que bufa, invisible, arrojando brisa a nuestras caras. Alzo la vista, me topo con una placa al pie de una escultura caricaturesca. Se lee ahí el nombre de Megas Alexandrus, nacido en Pella, una ciudad a sólo unos cuantos kilómetros del golfo. Muy cerca de esa ciudad, en Vergina, descubrieron la tumba de Filipo de Macedonia, considerado uno de los hallazgos arqueológicos más importantes del siglo xx. La guía que llevamos le dedica un párrafo a la vida de ese entorno donde estamos ahora.

Hacia 1900, la comunidad judía era inmensa y variada en sus oficios. La conformaban pescadores y estibadores del puerto, joyeros, zapateros, profesores, intelectuales, carteros, sectas rabínicas, cabalistas, alfareros, cocineros, abogados, prestamistas, mendigos, escritores, comerciantes, telegrafistas… De pronto, cerca de una pequeña fuente, llegamos a la calle Ladadika, uno de los antiguos barrios judíos. Queremos conocer la sinagoga. Desplegamos el mapa, demasiado grande para consultas callejeras. Nos proponemos ubicar el pequeño callejón donde se levanta la sinagoga más cercana. Una joven griega se acerca con pantalones de mezclilla y una blusa que apenas le cubre los pechos a ofrecer su ayuda. Habla inglés con soltura y nos pregunta si puede asistirnos. Atrás de ella viene una mujer mayor, vestida en gris oscuro y una pañoleta azulosa que le cubre el cuello. Me pregunta algo en griego. No sé por qué respondo en español:

—Disculpe, no hablo griego, señora.

Ella sonríe y, con una cercanía que de momento nos parece excesiva, nos dice:

—*Ama, avlash spanyolit.*

Sus aterradores ojos azules se alumbran.

—Sí —le respondo, sin ocultar mi sorpresa.

Acto seguido se sube la manga para dejar al descubierto el tatuaje con números y letras del campo de concentración donde, después lo supe, estuvo cuatro años. Me llevo la mano a los ojos, como si no quisiera ver lo que revela ese brazo descubierto. La mujer joven se siente fuera de nuestra conversación y se despide. En cambio, mi compañera de viaje y yo invitamos a la mujer mayor al café de enfrente, como viejas conocidas que se reencuentran para hablar de sus vidas.

—Es usted muy bella —le dice Heny.

—*Ya esta bueno! A los ochenta i tres anyos la beldad se fuyó entiera...*

—Es cierto, es usted una mujer muy hermosa —insisto yo.

Y ella sonríe. Parece por fin aceptar el elogio.

—*Es egzakto esto lo ke me salvó en el kampo de Polonia ama no avlemos de kozas negras.*

Pienso que quizá algún nazi la tomó como juguete sexual para sentirse cerca de ese rostro deslumbrante y de ese cuerpo que aún conserva una estructura fuerte. Me avergüenzo de imaginar escenas humillantes e, inmeditamente, dirijo la mirada hacia mi taza de café. Estoy sobrecogida. No quiero preguntarle; sin embargo, se me despliegan imágenes mentales, una tras otra. Ella irrumpe con otro tema.

—*Mi marido es moerto sesh meses atras, ama kedimos injuntos fin al fin. Al tiempo mos arraviávamos muncho. Dospues moravamos komo dos pasharikos.*

—¿Por qué como pajaritos? —le pregunto con enorme ternura.

—*Kaji mos davamos la komida en las bokas. Ansí moravamos en los ultimos tiempos, ama emprimero mui muncho danyo mos fizimos. Kuando se sufre, los inyervos se rompen. Yo guadro mis verguensas por adientro. Para mi fue grande kastigo no morir en akeyos pretos anyos. La beldad de la ke me avlash me trujo mui negro mazal, mui negro destino.*

De pronto, se queda callada y ni mi amiga ni yo nos atrevemos a agregar palabra.

—*So aedada, si non, vos tomariya a mostrar esta sivdad, a la ke kero kon el korason i a la ke desprezio por munchos males. Ama vamos, alevantensen. Kero yevarlas a la kaza miya, ayi fin al fin del poerto ande morava kon el miyo marido, su alma esté en Gan Eden.*

No fuimos. Me despedí de ella en ese preciso café. No pude seguir la línea del azar que su encuentro me ofrecía. Sus ojos azules me persiguieron el resto de los días que permanecí en Salónica y aún ahora los llevo adentro como un pictograma incomprensible, sobre todo cuando recuerdo sus labios al evocar esa fila de judíos sefardíes que iban cantando en ladino, demacrados, esqueléticos, hacia las cámaras de gas:

Poedo sentir sus kantikas kuando sin dezir lo ke saviyan, se arrimavan a la moerte sin dejar su dulzor de melodiyas en djudezmo, kantavan injuntos antes de morir.

Muchas canciones que hablan sobre una mujer anhelada, hablan en realidad de España: una transfiguración repetida en la lírica sefardí.

Al recordar la letra de la canción, su voz se quebró allí como una rama delgada:

Blanka sos, blanko vistes/ blanka la tu figura/blankas flores kaen de ti/ de la tu ermozura/ [...] Torno i digo ke va ser de mi/ En tierras ajenas yo me vo morir.

Distancia de foco

Dormimos en la misma habitación. Cuando se desnuda, me impresionan esos calzones largos y bombachos que le cubren medio cuerpo. Luego se afloja lo de arriba y al soltarse la armadura del sostén, se desploman sus pechos gigantescos que le llegan casi a la cintura. Se me figuran unas sandías cubiertas de pellejo sin carne. Ella no tiene el más mínimo pudor y, sin embargo, me critica por enseñar las piernas con esas minifaldas que detesta. Me dice que en "sus" tiempos, enseñar el huesito del pie era una insinuación. Me parece gracioso que el tobillo tuviera entonces la forma de un seno diminuto capaz de despertarle la libido a los mirones y que el escote del pie fuera una puerta de entrada para el resto de la imaginación. Yo no sólo le conozco el tobillo a mi abuela fofa y malencarada, conozco sus malos olores, sus calzones manchados que se quita frente a mí sin el menor recato.

Mi hermano me regala de cumpleaños un radio verde, grande, rectangular, que funciona con pilas. Lo guardo abajo de mi almohada. Me duermo con él, lo dejo encendido toda la noche. Eso crispa a mi compañera de cuarto y me advierte que va a quitármelo si sigo con esa costumbre de salvajes. Una vez más desobedezco y ella cumple su palabra. Para corresponderla, yo me dedico a hacerle la vida imposible.

Desde mi cuarto hay acceso a un balcón que asoma a la cochera del edificio. No es que haya un verdadero jardín, pero sí un rectángulo de pasto maltratado. El departamento de la planta baja, que ocuparon mis abuelos paternos hasta su muerte, tiene unos barrotes de hierro en las ventanas, perfectos para treparse. Me descuelgo desde la terraza hasta alcanzar el primer apoyo para el pie derecho y luego para el izquierdo. Un salto y ¡la liberación! Salgo del edificio a la calle y dejo a mi abuela en la creencia de que yo sigo en mis tareas. Es una jugada maestra. En mi escritorio hay una muñeca grande, con el pelo igual que el mío. El camuflaje sirve un rato, pero enseguida se descubre el fraude. Al volver, mamá está en casa, pálida de susto, furiosa conmigo por haberme descolgado de allí como animal, por salirme a la calle sin permiso y sobre todo por mis habilidades de timar a la abuela haciendo uso de objetos "como una delincuente". Entonces me voy a llorar a mi cuarto, acostada, bocabajo, porque mamá no sabe lo que es vivir en perpetua vigilancia. Mi abuela, entonces, se yergue victoriosa, o así la veo yo desde el lugar de la derrota. Cerca de sus ochenta años, tras detectarle cáncer, le extirpan el seno derecho. Me dice que eso le pasa a la gente que ha sufrido.

—*Tu sos guerfana, kolai es ke te pase esto i a ti. Es el inferno. Keres saver komo es el inferno, ijika?*

—¿Cómo es?

—*Es un payis kon kalejikas de kolores, ama en un kazal preto mora el diavlo.*

—En la escuela me dijeron que no existe el diablo, abuela.

—*Ya egziste, hanum. El diavlo es mui negra persona...*

—Mi maestra me dijo que no existe el diablo, que los judíos no creemos en el diablo.

—*Ama kale ke sepash ke ai djidyós malos i djidyós buenos. Kuando tu sos mala, el diavlo te rodea fin a los mushos.*

—Me da miedo.

—*Es bueno ke tengash miedo, ijika. Kuando el diavlo se yevó a tu padre tuvitesh miedo?*

—¿El diablo se lo llevó? Mi mamá me dijo que mi papá se enfermó del corazón.

—*Si, ama el diavlo lo izo hazino.*

—¿Y a ti también? Por eso te quitaron una teta?

—*No deves avlar ansina porke i a ti te lo va a kitar.*

—A mí no, yo las tengo chicas, a mí no me van a crecer como a ti.

—*Eso se pensa en la mansevés. Prime ke mires.*

Y me enseña la cicatriz de un color negruzco que le atraviesa la carne pegada al hueso. Del otro lado cuelga, como siempre, el pecho enorme pero desinflado por los años.

Mi hermano escucha toda la conversación y viene a rescatarme.

—No creas lo que te dice —me guiña sonriente mientras desenreda el cable del cautín para soldar alguno de sus inventos, pero yo estoy nerviosa y me desquito cuando me ordena conectarlo a la corriente.

—Siempre quieres que yo te haga todo.

—Eso te pasa por ser tan inútil —me revira mientras me da un empujón en el hombro.

Mi madre justo abre la puerta.

—¿Qué pasa aquí? ¡Estoy harta de sus pleitos!

Mi abuela se desliza entonces con la cara pintada de rojo. La veo reflejada en el espejo, siento un sobresalto. Volteo de inmediato, pero ya no hay nadie. "Es el diablo", me dice la voz de siempre. Toco mi garganta por donde habla el miedo.

Molino de viento

Imbuida en mis pensamientos destructivos, sin hacer cosa alguna, miro los colores del mar a la hora que el sol baja para tocar el horizonte. Lo que fue azul se convierte en acero, el color pardo de la arena se pinta en lilas, como la tarde de despedidas que pintaba Baudelaire:

> Y, en fin, una tarde rosa y azul místico
> Intercambiaremos un solo relámpago
> Igual a un sollozo grávido de adioses.

Es embrujante asistir a esos cambios de luz bajo el influjo de una bóveda tan alta. Observo la escena fuera de mí. ¿Cómo es posible que ante un espectáculo de tan magnífica belleza logre llevar mi cabeza a la tortura y al martirio de mis propios pensamientos mientras mis ojos asisten a semejante prodigio? En el instante de hacer esta reflexión suena el teléfono. "¿Dónde estás?", me pregunta la voz. "En el paraíso", contesto sin dudarlo, "aquí, junto a la serpiente".

Y yamó Adonay Dio al hombre y dixo a él ¿adó tú? Y dixo: a tu boz oí en el huerto y temí, que desnudo yo, y escondíme. Y dixo: ¿quién denunció a ti que desnudo tú? ¿Si del árbol que te encomendé por no comer dél comiste? Y dixo el hombre: la muger que diste conmigo, ella dio a mí del árbol y comí. Y dixo Adonay Dio a la muger: ¿que esto

heziste? Y dixo la muger: el culebro me sombayó, y comí.
Y dixo Adonay Dio al culebro: que heziste esto, maldito tú
más de toda la quatropea, y más de todo animal de campo;
sobre tu pecho andarás y polvo comerás todos días de tus vi-
das. Y malquerencia porné entre ti y la muger, y entre tu se-
men y su semen; él te herirá cabeça y tú le herirás calcañar…

El de la llamada telefónica me recomienda echarme junto
a la serpiente y negarla tres veces. Cosa rara. Desde lo alto
de la playa se divisa un surco y allí brota un manantial: el
mismo que el de aquella otra escena en la sinagoga azul,
cuando la mujer con instrumento de manicura me salvó la
vida. Ahora la ciudad ha desaparecido y en su lugar se per-
fila un enorme espacio abierto. Esta vez, los que atraviesan
son mis padres cargando un bulto en las espaldas. Mi papá
decide abrir su mochila a la mitad de las aguas y sacar un
papel, lo dobla en cilindro para hacer un cucurucho y desde
allí abajo, colocando su boca en el cono de papel a manera
de bocina, me grita lo siguiente leyendo de un libro maltratado:

Se sueña mucho en el paraíso, o más bien en numerosos paraísos sucesivos, pero todos ellos son, mucho antes de morirnos,
paraísos perdidos y en los que nos sentiríamos perdidos.

Me quedo pensando en el eco de la palabra repetida, en
la intermitencia de la misma voz: "Deseamos apasionada-
mente que haya otra vida en la que fuéramos lo mismo que
somos en este mundo. Pero no reflexionamos en que, aun sin
esperar a esa otra vida, ya en ésta, pasados unos años, somos
infieles a lo que hemos sido".

Sigo a la intemperie con el mar frente a mis ojos. Los colores se han apagado hacia los grises. La serpiente sigue donde la encontré. Me duermo con estos pensamientos que se
internan en aquellos primeros y comienzo a entender los

mensajes que me llegan. Creo captar aquello que se dijo sobre el material psíquico con el que cada sueño se elabora.

Abro mi cuaderno y acaso son mis propias palabras o palabras robadas escritas en un viejo poema: "Sólo se puede nacer fuera del paraíso". El soñante y el estado de su conciencia o arquetipos e imágenes primordiales son formas mentales que no se pueden adjudicar a la vida del sujeto y que parecen ser innatas, heredadas por la mente humana.

Anoto unas palabras del *Libro rojo* de Jung *(Rotes Buch)*:

Cuando perseguí las imágenes interiores fue el momento más importante de mi vida. Todo lo demás se deriva de ello. Comenzó en aquel tiempo, y los detalles posteriores apenas importan nada.

Distancia de foco

Estoy profundamente dormida cuando alguien, sutilmente, me agita para despertarme. Abro los ojos. Es mi abuela con la piel cetrina apoyada en su bastón. Doy un brinco de la cama pero ella me detiene.

—*Antes ke salgas de aki deves prometerme ke no vas a dormir kon la radio embasho de los oyidos i ke no vas a djugar mas kon mi baston.*

Grito con tal fuerza que mi madre se levanta despavorida y enciende la luz.

—Era ella, está aquí, mamá, aquí, acaba de despertarme.

Mi madre me abraza.

—Reacciona, no hay nadie en el cuarto, tuviste una pesadilla.

Tirito. No sé cómo probar que vi a la muerta, que incluso me tocó los hombros. Me envuelve una ola de sudor helado. Le cuento en ese momento que su madre es el diablo, que nunca me dejará en paz. Logra calmarme cuando acepta pasar conmigo el resto de la noche.

Unos días más adelante descubro que mi madre ha subrayado un libro amarillento cuyo título me hace suponer que se ha preocupado por lo que pasó. ¿Tendrá miedo de su madre? ¿Tendrá miedo del miedo de su hija o temerá que a ella también se le aparezca? Dice su libro:

El miedo produce cambios fisiológicos inmediatos: se incrementa el metabolismo celular, aumenta la presión arterial, la glucosa en sangre y la actividad cerebral, así como la coagulación sanguínea. El sistema inmunológico se detiene (al igual que toda función no esencial), la sangre fluye a los músculos mayores y el corazón bombea sangre a gran velocidad para llevar hormonas a las células (especialmente adrenalina). También se producen importantes modificaciones faciales: agrandamiento de los ojos para mejorar la visión, dilatación de las pupilas para facilitar la admisión de luz, la frente se arruga y los labios se estiran horizontalmente.

Tuve una descarga eléctrica. *El más verdadero de los mensajes, el de mi cuerpo, no el de mi lengua.*

Molino de viento

Las maestras organizaron un bailable en el que salgo de china poblana con mi atuendo de colores. La falda es larga, hasta el piso; lleva un nopal en la parte de enfrente y atrás un águila con la culebra en el pico. El cinturón es verde y la blusa, blanca brillosa con bordaditos en la orilla de las mangas. Los zapatitos tienen un poco de tacón. Cuando me estaban arreglando en la mañana lloré a gritos porque con el pelo grifo no entra bien el peine y no me pueden hacer las trenzas ni poner los moños rojos de satín sin arrancarme manojos.

Todas las mamás están convocadas. El patio se adornó desde ayer con dibujos y flores naranjas; parecen lámparas chinas. Vienen agarradas en cadenas de papel. Una cadena sin adornos y otra con flores. Antes de que los grupos comiencen con sus bailes se toca el Himno Nacional y todos tenemos que cantarlo.

Mi prima es mayor. Va en sexto y siempre está en la escolta, pero hoy además es la abanderada. Lleva el delantal del uniforme sin almidonar. Las demás lo llevan tieso con los holanes levantados. Sus zapatos no son de charol azul sino choclos marinos con blanco. Tiene unas trenzas muy negras, muy largas y los ojos dulces y oscuros como dos aceitunas Kalamata, de esas que siempre comen mis abuelas.

Localizo a mi mamá entre todas las que están en primera fila. Su vestido es negro sin mangas, con un prendedor cuadrado en espiral, y lleva puestos sus lentes oscuros. Es alta, se distingue de las demás. Tiene la boca roja y los pómulos casi triangulares. Se parece a la cantante de ópera. ¿María Callas? Mi mamá también canta ópera, aunque a mí no me gusta esa voz falsa que le sale al cantar. Dice que no es falsa sino "voz educada".

La veo mirar a todas partes; parece que busca a la derecha y a la izquierda, pero no da conmigo. La trompeta corta el aire. Viene el himno y la escolta con la bandera de México. Turututúu tutú… y los tambores suenan todos al mismo tiempo. Mi prima desfila derecha como escoba. Mi mamá se pasa un pañuelo blanco por la cara, se limpia los ojos todo el tiempo. ¿Estará llorando porque no me encuentra? Le hago una seña, se quita los lentes oscuros, se pasa el pañuelo por la orilla de los ojos. Comienza la banda, también ella canta y luego se queda en silencio.

Toda la escuela entona la letra:

> …piensa ¡oh patria querida! que el cie-elo
> un soldado en cada hi-ijo te dio
> u-un soldado en cada hiii-jo te diooo

Después del himno sigue mi bailable. Si me equivoco, la maestra me cortará la cabeza. Damos las gracias con una caravana. Primero a la izquierda, luego a la derecha.

Cuando nos dejan salir, voy corriendo a buscarla. La beso, la abrazo.

—¿Te gustó, mamá?

Me dice que fui la mejor. Lo dice porque soy su hija, aunque los ojos le brillan al hablar.

En ese momento me toma de la mano y de la forma más natural nos subimos a la canastilla de un enorme globo de colores. De la mitad del patio de la escuela nos elevamos ante el asombro de todos. Se oye crepitar el sonido de la llama que levanta el globo. Mi madre comienza entonces a cantar un aria de los cuentos de Hoffmann y mis amigas me dicen adiós con la mano. Dejo caer un pañuelo desde lo alto. Ya entre las nubes, ella me explica la conformación del mundo. Vemos México con su cintura estrecha a la mitad y su brazo estirado, asoleándose en el golfo de California; notamos cómo entra el mar hasta la axila de ese brazo. El mar azul me recuerda al libro de grabados de Hokusai que le regalaron a mi hermano en su *bar-mitzvah;* ahora aparece el territorio gigante de Canadá y los hielos del polo como un raspado de anís y otra vez el océano que atravesamos mientras ella vuelve a cantar. Unos giros más y distinguimos España; mi mamá saca de una bolsa de estraza *pan dishpan* con el que solemos romper el ayuno judío de Yom Kipur —*pan dishpan* es "pan de España", me explica como si yo no lo supiera—. Al diluirlo en la boca distinguimos la bota de Italia, la piedra de Sicilia y allí cerquita me muestra por fin Bulgaria, entre el río Danubio y el Mar Negro en el que ella patinó de niña.

—¿Quieres bajar, mamá?

—No, no… Prefiero quedarme en el aire con mi chinita poblana. Además ya no hablo búlgaro, ¿qué van a decir de mí?

Pienso que se volvió loca, pues hoy en la mañana, antes de salir, la oí hablar por teléfono en búlgaro durante media hora.

—No importa, podemos hablarnos en ladino las dos —le digo para consolarla.

—Pues sí, "lo que no volverás a ver jamás debes amarlo para siempre" —me dice, repitiendo la línea de no sé qué poeta.

Seguimos en el aire. Vamos exaltadas por el mundo. De pronto, algo ocurre que comenzamos a desplomarnos a gran velocidad. Curiosamente estoy tranquila. Caemos en un desierto de arena, muy plano, sin montañas. El globo se pliega con sus hilos enredados y se expande como una enorme sábana inflada encima de nosotras. Estamos sentadas y no tenemos ni un raspón. Le pregunto si alguna vez alguien vendrá por nosotras. Siento calor; me quito los zapatos. Con el pie derecho muevo la arena; percibo algo duro, rasposo. Me ayudo con las manos hasta toparme con esa superficie rugosa: es el cráneo de un carnero. Sus dos cuernos enormes me recuerdan al becerro de oro que está pintado en mi Biblia de niños. De pronto mi madre mueve con delicadeza mi cuerpo.

—Vas a llegar tarde al colegio y todavía tienes que peinarte para el baile —me dice con enorme paciencia alisándome los rizos.

Años después anotaré en mi cuaderno otro apunte de Jung sobre la mente y los sueños:

Así como el cuerpo humano representa todo un museo de órganos, cada uno con una larga historia de evolución tras de sí, igualmente es de suponer que la mente esté organizada en forma análoga. No puede ser un producto sin historia como tampoco lo es el cuerpo en el que existe.

—¿Lloraste, verdad? —le digo a mi madre después de mi bailable.

—Bueno, sólo un poco.

—¿Por qué? ¿Es porque no me encontrabas?

Veo en el borde de la ventana unas letras chinas. Me acerco a tocarlas aunque parecen escritas con vapor. Después cierro los ojos y leo en la oscuridad de mi mente algo sobre el uso pictórico de los sueños, de sus figuraciones indirectas. Se revela un entrecomillado como si fuera una nota que alguien dejó en mi mesa de trabajo: "Es igual que en la escritura china. Sólo por contexto se posibilita la comprensión correcta".

Mi madre me arregla las trenzas con sus manos largas y me explica que el Himno Nacional Mexicano la hace llorar. Se pone en cuclillas para fajarme bien la blusa. Se quita los lentes, me toma de los hombros, alinea sus ojos en los míos y me dice muy seria, con la voz entrecortada:

—Es el himno del lugar donde naciste, es tu país, donde pudimos volver a empezar la vida. Fuiste la primera entre nosotros. Sé que algún día, cuando seas mayor, recordarás estas palabras.

Distancia de foco

En marzo de 1957, Nissim Karmona se las arregló para que lo invitaran a la XEW Radio, con la excusa de hablar sobre la música en judeo-español. La emisora tenía muy buena audiencia y el joven quería ser escuchado el único día de su vida en que los medios de comunicación le dedicarían un programa entero. Nissim no era compositor ni cantante ni especialista en nada.

Se trataba, en esencia, de una jugada maestra que le haría a su entrañable grupo de amigos. Ellos sintonizaban ya, con anhelo y predisposición para la risa, la transmisión de las tres y media de la tarde. Nissim era un humorista barroco en sus ocurrencias y de carrera larga en los festejos. Una reunión entre amigos sin Nissim perdía la mitad de su encanto. El día de la entrevista llevó algunos discos, pero había uno en especial, el que contenía la canción *Adio kerida,* tan emblemática para la lírica sefardí, que interesaba al conductor, pues le parecía hermosa y se engarzaba con los temas dedicados a las distintas culturas del mundo que había estado presentando en su programa.

—Amigos, ésta es la XEW, la voz de la América Latina desde México.

Después de saludar al auditorio y de introducir el tema del día, el locutor, con su habitual arrojo, le dio al invitado la pauta para abrir el diálogo:

—¿Qué nos trae hoy el señor Nissim Karmona de la cultura sefardí?

—Una hermosa canción llamada *Adio kerida*.

—¿Y qué le parece si nos lee parte de la letra para disfrutar más y mejor la canción que enseguida escucharemos?

—Sí, con gusto...

Con un acento en ladino lleno del sabor balcánico, Nissim coloca la voz y la dirige al centro del pecho:

—*Tu madre kuando te parió/ I te kitó al mundo/ Korason eya no te dio/ Para amar segundo/ Adio, Adio kerida/ No kero la vida/ Me l'amargates tu/ Va bushkate otro amor/ Aharva otras puertas/ Aspera otra pasión/ Ke para mi sos muerta...*

—¿Podría explicarnos de qué habla esta hermosa letra?

—Mire, es muy sencillo. Es un hombre que despide a su mujer porque lo dejó por otro. Si me permite, se la dedico a todos los esposos cornudos como yo.

—¿Por qué dice usted eso, señor Nissim? —lo increpa el locutor visiblemente incómodo.

—Es fácil. Mi esposa es *mamzertá*...

—Disculpe ¿qué es "mamberá"?

—No, no es "mamberá", sino *mamzertá*...

—Explíquele a nuestro público, por favor...

—Es la diosa de *akeyo*...

—¿De aquello?

Sus amigos en la colonia Condesa gritaban cada vez que Nissim mareaba al locutor, mezclando historias verídicas con palabras picantes o historias falsas inventadas sólo para introducir dobles sentidos, especialmente dedicados a su grupo de cómplices que lo escuchaba desternillándose en torno a una radio casi del tamaño de un refrigerador.

Uno de los amigos, Aleksander Passy, le había regalado a su querido compatriota una especie de armónica con percusión y Nissim se propuso practicar con esmero, pues en verdad deseaba hacer un buen papel frente a la audiencia. Semanas previas a este momento, repitió y repitió en su aparato RCA *Victor* la mencionada canción. La escuchaba una y otra vez y al momento en que la voz del cantante irrumpía con el estribillo "*Adio kerida*", Nissim soltaba el aire de su armónica con la que bordaba un contrapunto. Justo después de los violines, el resoplido de la armónica se deslizaba para darle a la canción una gracia tejida con el resto de los instrumentos.

Los amigos sabían que de un momento a otro Nissim, mejor conocido por todos como Miko, irrumpiría con una barbaridad, aunque no supieran con cuál ni en qué momento esperarla.

En vez de darle al locutor el nombre correcto de la armónica, Miko le dijo que el instrumento se llamaba *la shorra*, cuya acepción alude de forma muy poco elegante al sexo masculino. No satisfecho con el chistorete, le agregó una suerte de apellido. *La shorra en pies* (*en pies* significa "parado").

El diálogo, atendido con estertores por sus amigos, fue el siguiente:

—Así que si nos puede repetir, ¿qué nos va a interpretar, don Nissim?

—"*Adio kerida*".

—¿Y qué es lo que usted toca?

—¿Yo? Ajá. *La shorra en pies*.

—Mmmm. Muuy interesante. Amigos, amigas, la XEW, la voz de la América Latina desde México, presenta a don Nissim Karmona con *la shorra en pies*.

Fue tan célebre que Nissimiko apareciera en la radio con *la shorra en pies*, que el rabino de la comunidad sefardí de México lo vetó para que tan impura y vulgar persona no tuviera el honor de cargar los libros sagrados durante los oficios de la sinagoga. Nissim no chistó, pero quiso vengarse del castigo al publicar, unos meses después de este suceso, en los avisos de ocasión del periódico *Excélsior,* la venta de un instrumento autóctono de Turquía llamado *la shorra en pies*. Sin embargo, el teléfono que dio no fue el suyo, sino el del rabino a quien, seguramente, en varias ocasiones le preguntaron si allí se vendía el instrumento de tan extraño nombre y seductor sonido.

Distancia de foco

Mi abuela paterna no usa bastón. Cuando voy a visitarla a su departamento de la planta baja me prepara un café turco: prohibidísimo en mi casa, un café tolerado sólo para adultos. Me hace jurarle que no le diré nada a mi madre. Esa complicidad nos acerca.

—*Vas a pishar preto* —me dice riendo.

Al orinar busco en el excusado las manchas del café y los paisajes prodigiosos que se forman al dejar reposando la tacita bocabajo. Mi abuela me dice las historias que encuentra dibujadas. Me habla de sultanes y de la costa de los Dardanelos, de una lámpara de aceite, un *efrit* y unos fuegos misteriosos que a su vez dibujan cuerpos de animales o figuras humanas. Me dice que ve una mezquita con sus minaretes y un mercado en forma de pera.

—*No es merkado, es una mujeeer* —actúa engruesando la voz y fingiendo mirada vidente— *Sos tu, ama mas grande. Vas a enamorar a un mui grande senyor i vas a tener una ija de ermozuras i mui preziada.*

Una tarde, después del café clandestino, menciona algo sobre la llave de Toledo:

—*Mira ijika miya, esta yave viejezika ke tengo en mi mano es de la kaza ande moravan muestros gran-gran papús. Los echaron de la Espanya, ama eyos pensavan ke poko dospues tornariyan. Esta yave me la dio mi vavá i kuando te*

*agas ben adám yo te la vo dar para ke tu la kudies komo
kudias tus ojos i se las guadres a tus inietos i a los ijos de tus
inietos kuando venga tu ora.*

Lo que me parece sospechoso es por qué de Toledo. Por
qué no Gerona o Granada, donde hubo también importantes comunidades judías. ¿Por qué todas las llaves de las que
hablan los judíos sefardíes repetidamente están en Toledo?
Resulta mucho más probable que mi memoria haya reacomo-
dado la historia conforme la fui escuchando de mayor. *"Esa
yave será para tus ijos, pasharika."* No tengo la llave, pero
cuarenta años después, cuando estuve en Toledo, en el umbral de la sinagoga del Tránsito, mirándola de frente, tem-
blando, simbólicamente la puse en las manos de mi hija.

La cuarta pared

El tío Salomón

Dio Patrón del Mundo! Dos *anyos faze ke lavoro para el sinemá* y nunca he faltado a mis obligaciones. *Agora kale* arreglar este aparato *mursá* para su buen desempeño. Debo avisar en casa que no me esperen para la hora de la cena; caminando a buen paso llegaré en veinte *puntos*. La máma no parece del todo satisfecha que me gane la vida haciéndome cargo de estas proyecciones de gente que vive historias de mentes enloquecidas. "¿Esto es el cine?", me pregunta. Yo siento un entusiasmo indescriptible al ver la cara de los espectadores sumidos en la noche cuando están intrigados con las historias que proyecto sobre la sábana extendida. Todo esto le disgusta a la madre mía, *ama ya le plaze* cuando traigo *parás* al *kavo* del mes. Hay meses buenos en que los billetes de *levas* se juntan con *ermozura*. ¿Y a quién *le desplaze* ganar?

Hace poco terminaron la carpa móvil, pues el año pasado hubo un ventarrón a la mitad de mayo. Tapar el pozo después de ahogado el niño. Tras ese ventarrón la cara de los actores, a la intemperie, se ondulaba y la película parecía de fantasmas. El público se puso a gritar y a chiflar. Hubo quien me vino a buscar pleito. Exigían a gritos que se les devolvieran sus levas, que repitieran la función desde el inicio ¿Qué querían de mí? No soy el Señor de los Vientos para moderar lo que el cielo nos envía. Bastante hago con tener todo controlado para que la función comience, *punto la ora.*

Hoy proyectamos *Carreras sofocantes.* Y le informamos al público: es el segundo *film* de *Chaplin.* El primero se realizó, aunque la gente no lo cree posible, en una hora solamente. *Ansí biva mi senyor padre.* No es exageración.

A la gente la enloquecen sus películas aunque el acompañamiento sea el piano y no esas voces que salen de los labios de los actores en el cine moderno. *Savesh por kualo Chaplin kedava mudo en sus filmes?:* "No me parece que mi voz puede aportar nada a mis comedias. Al contrario, destruiría la ilusión que trato de crear". Esto y no otra cosa decía *monsieur. Dio Patrón!*

El pianista *muestro* es *kaveza de kalavaza,* un *lenyo de banyo,* como decía mi *papú.* La semana pasada se equivocó de partitura y comenzó a tocar acordes dramáticos, de miedo, donde debían oírse unos de risa. *Ayre vulado tiene en la kaveza i el meoyo. Ama la djente* ya estaba absorta en lo que veía y nadie reclamó ni dijo palabras de espanto. Si las dijeran, lo mismo es para mí, me importa un pepino.

Yo llego a las siete, *punto la ora* y a las ocho, cuando el *sielo* está *preto* como mis ojos, la sábana desplegada enfrente, inmaculada, el piano abierto; los aplausos comienzan a henchir el aire. Coloco el rollo en este aparato *mursá* y un cono de luz arrojado desde la máquina convierte la butaquería y el murmullo en un silencio funerario. Luego sale Mumchil, hace una caravana, se sienta al piano y se escuchan los primeros acordes. Esta luz de polvo produce apariciones en el espacio blanco de la sábana que la tía Ema confeccionó cosida a la *machine.*

Mi *vavá* también dejó sus ojos en la aguja; no conoció este grande adelanto del siglo. Esto dice mi libro de inventos: "En 1843, Tomás Hood publicó su famoso *Canto de la camisa*, para lamentarse de esta clase de mujeres que vivían de la aguja; y es un hecho curioso que, hacia esa misma época, se perfeccionó en Estados Unidos la máquina de coser". No es importante, dice Mumchil, pero Mumchil sólo sabe leer blancas y corcheas. La *nona* de mi primo, la tía Ema, cose las sábanas, pega una con la otra y ya se *ambezó* a no dejarla suelta para que el viento la vuele; ahora la adhiere a una superficie más rígida. Eso permite ver a los grandes del *sinemá* en tamaño colosal. Si te paras junto a Chaplin cuando está proyectado en la sábana que arregla la tía Ema, te verás *chikitiko* como un carcañal. Mumchil no entiende de estas cosas. *Sano ke este, saludozo ke se entrege entiero al piano.* Éstos no son pensamientos para un pianista.

Un técnico tiene que saber un poco de todo. Los músicos viven *anriva*, en su mundo de locos. El *sinemá* los necesita, eso no lo niega *ni un surdo ni un siego*.

Prefiero estar aquí, a un lado de la calle Iskar en el centro de Sofía, y no que me manden de un lado al otro, cargando el equipo para las funciones de los pueblos, pero como ya decía mi *vavá*, "*de trigo preto no sale buen pan*". (¿Por qué lo dice? Porque al *nono* Emil todo se le iba en comer y en dormir. Era tan *papón* que se levantaba a la media noche y tomaba del plato un guisado de fideos cocidos, les metía *anriva* dos cucharadas buenas de azúcar *morenika*. Luego dormía hasta las *mueve* de la *manyana*. Para no ser este *mo de trigo preto kale arreglarse las kozas al tiempo.* Y eso hago todos los días.) No voy a decir que no haya errores en mi desempeño. La otra noche, en una función en Burgas, ¿qué hice? *Emprimero* me fui a ver las aguas de la mar. Bueno, no es exactamente *ansina*. Dejé todo listo en la carpa y después me fui a la playa. Había una muchacha en un traje de novia, no de novia casadera, de novia, sólo digo por no decir *malká*, reina, diosa, emperatriz, figura de la mitología, una ninfa, una *kukla* de medio cuerpo arriba y peces en lo bajo, una nereida, pero no. *Embasho* unas piernas que me tomaron el aliento aunque la boca la mantuve pegada al pico de una botella de *rakí*. La botella se la regalaron a la *máma*, se la trajeron de Estambul, *ama* yo la empaqué junto a mis cosas para llevarlas a Burgas. La *máma* me va *tomar la kaveza* con la historia de la botella perdida. *Sana ke este mi madre*, pensaba yo en esa exquisita embriaguez. No estaba borracho, *ke el Dio* me desmienta. Sólo estaba agradecido con el Señor del Mundo y un poco alegre. Hablaba solo o suspiraba solo, babeando *solitiko i mi alma,* mirando el cielo, mirando las piernas de la novia y mareado del aire bueno, mareado del *rakí* y de lo que me hubiera gustado acariciarlas con estas manos mías. "Permítame invitarla a una función esta noche." No, me decía adentro de mí mismo, mejor seré poético: "Tus ojos son más bravos que esta mar". No, no, así me puede soltar un *shamar* por decir estupideces. ¿Le daré mi nombre? Soy Salomón M. Benaroya, proyectista del cine itinerante de Bulgaria. Mucho gusto, señorita ¿¿…?? *Ama* ella me va a decir: "Yo no doy mi nombre a desconocidos, perdóneme pero no…" ¿Y si mejor le ofrezco un trago de *rakí*?

¿Y si le canto la canción? ¿Y si logro que imagine los bailes de *borrachikos* que la cantan con acordeones y panderos al estilo *muestro*?

La vida do por el rakí
no puedo yo desharlo
de bever nunca me artí
de tanto amarlo

Kuando esto en el barmil
no avlo kon dingunos
Kuando me ago kior kandil
Me kaygo en el lodo

Creo que yo también estoy *kior kandil,* emborrachado y

triste-feliz. Con este vagar de pensamientos, se *fuyó* el tiempo *entiero* sin que yo lo vigilara. *Kulo de mal asiento* me decía mi *vavá*.

Cuando me di cuenta me eché a correr, atravesé siete calles a una velocidad olímpica y llegué a la carpa de proyección con el tiempo justo y *el garón serado*. "Cine" es *kiné*; *kiné*, "movimiento". Eso pensaba cuando el aire me daba en cara por las calles de Burgas. El gerente me miró con unos ojos de odio tan penetrantes que las piernas de la novia me desaparecieron del tino y de la mente *chika* mientras ajustaba el carrete al tornillo central de la rueda de proyección. Al fin y al cabo quedé tranquilo cuando Mumchil hizo su caravana y comenzaba, a tiempo, el ritual. La noche ya estaba cerrada y el público de Burgas feliz, con el cine que llevábamos desde Sofía. Sofía está *onde arrapan al güerko*. Eso dicen en Burgas y en Sofía piensan que *onde* arrapan al *güerko* es en Burgas. Así es la humanidad entera. *El meoyo del ombre es una telika de sevoya*. Así me decía mi *vavá* para hablar de la fragilidad de la mente, de *la alma* humana.

Comienza la proyección y *guay de mí! No burles kon tu amo ke te sale salado*. ¿Qué hice? Meter el carrete *alrovés,* de atrás para adelante... Los *chiflos*, los gritos, los ojos matadores del jefe. Todo recaía sobre mí. ¡Por las piernas de la novia que *me tomó solo tres puntos fixar el dezaguisado!* Maldije, no voy a decir que no, pero salí victorioso. *No avles mal del dya antes ke se aga la noche,* decía mi señor padre. Lo digo hoy y se lo diré a mi mujer y a mis hijos, cuando los tenga. Aunque mi mujer no sea la hermosa de Burgas y yo para entonces deje de ser esclavo del millonario que a costa mía, de Mumchil y de *monsieur* Chaplin, disfruta del buen vivir. *A ver veremos ke nos depara el Dio para amanyana de manyana.*

A esas horas recordé que a las o*cho* partiremos a Varna. Nuevamente veré el mar: *Cherno Moré*, mi amado Mar Negro. En ese instante caí en la cuenta: la novia de Burgas se quedará sin las *Carreras sofocantes* de Chaplin pero también sin mí. Que no sea este nombre, "carreras sofocantes", un mal presagio. No quiero sofocaciones, sólo quiero volver a esta costa y fijar nuevamente mis ojos en esas columnas de carne que el *Dio* no quiso darle hoy a *estas mis manos miyas*. ¿Debería conformarme? Creo que sí. Por esto se dice que *la gayina beve el agua i mira al sielo*. Es un refrán que *mos dize* la importancia *de dar grasias al Dio. Esto va kontra la djente ingrata. El Dio me salve de ser ansina* de *preta persona*. Gracias al cielo por ser el proyectista que soy aunque ni siquiera conozca el nombre de la novia que me hizo perder la cabeza en la función inolvidable de Burgas con el *rakí* en la boca.

Esto se va repasando en mí como en las funciones de cine: una escena tras la otra, una voz tras otra voz. Soy el único testigo de estas proyecciones en el interior de mi mente; ahora, debo reconocerlo, más vivas que nunca en el instante gris, insulso, camino a casa. Y todo para avisar que esta noche, *máma, arrivo tadre*, por favor hoy no me esperen a cenar.

La cuarta pared

La tía Ema

Todos se pensan ke las mujeres aedadas solo sirven para morir. El Dio ke mos guadre de bivir para pedrer el tiempo. Me plaze kozer i meter i sakar agujas, tomar un iliko i mezerlo de un lugar a otro, fin a fazer una konstruksion ke ampieza de nada, de un burako sin forma. Al kavo del kavo se apareze el perfil de una kaza. Ama yo no ago kazas, ago kozas. Chemises, vistidos... Es mi mo de no pedrer el tiempo. Ago los kozimientos para el sinemá de Salomón, Salomoniko ijo de la ermana de mi kunyado, sano ke esté, ke los va tresalir lokos kon el sinemá ande lavora. La sávana blanka ke le apronto, es onde las mas grandes istorias de amor poeden afitar i verse komo una echura del Dio, ama tambien komo una echura del diavlo. A nadien le faze mal un poko de diavlo ni entremeterse en la vida del vizino. Ama un entremeterse sin hazinura i sin fazerle mal a dinguno. Por esto me plaze el sinemá. I yo lo desprezié, ama agora kuando arriva un film bueno a Sofia, vo a mirar. De ke no?

Me plaze ver la sávana ke yo aprontí i me plaze ver ke en esa sávana vaziya afitan las kozas mas inesperadas. Kozas de reiyr i kozas de yorar. El sinemá mos ambeza komo lo ke mos ambeza El Kantiko de los kantikos, Kantar de kantares, ke tengo meldado en la Biblia de Ferrara de mil i kinientos sunkuenta i ocho eskrita en ese mo de kasteyano ke no es egzakto el muestro judeo-espanyol:

Hora para nascer, y hora para morir; hora para plantar y hora para arrancar plantado; hora para matar, y hora para melezinar; hora para aportillar y hora para fraguar, hora para llorar, y hora para reír; hora de endechar, y hora de bailar; hora para arrojar piedras, y hora de apañar piedras; hora para abraçar, y hora para alexar de abraçar; hora para buscar, y hora para perder; hora para guardar, y hora para echar; hora para romper, y hora para coser; hora para callar y hora para fablar; hora para amar, y hora para aborrecer; hora de pelea y hora de paz.

Lo djuro kon la mano al korason, a esta ora de paz arrivan mis munchos anyos kuando apronto la sávana i empues la veo kon los mas grandes artistas djugando en eyas. Ke los ojos miyos tengan sanidad para lavorar kon eyos ainda en mi ora final.

Pisapapeles

En mis ires y venires tomo nota sobre las dificultades de normar un criterio en cuanto a la ortografía del judeo-español. Los diccionarios consignan con grafías diferentes las mismas palabras. Pájaro, *paxaro*, *pasharo*, *pásharo*. El origen de esta confusión obedece a diversas razones. Una de ellas corresponde a la naturaleza del ladino. Las comunidades emplean criterios dispares. El judío balcánico utiliza giros a veces desconocidos para el judío francés, que probablemente difieran del sefardí griego y más aun del marroquí, tan particular que ya merece un nombre nuevo: *haketía*.

Cuando los judíos fueron expulsados de la península hablaban lenguas diversas. Algunos se expresaban mejor en gallego, otros en catalán, en aragonés o en portugués y palabras de esas lenguas añadían matices al ya complejo bagaje del judeo-español. Es notorio cómo los sefardíes de origen francés cuelan criterios ortográficos de su lengua (*bijou* = *bijú* = expresión de cariño) o los italianos de la suya (*cara* = *faça*). A eso agreguemos que una inmensa comunidad de judíos que dejaron la península fueron a refugiarse al imperio otomano, acogidos con enorme beneplácito por el sultán Bayaceto II a finales del siglo XV y a principios del XVI (según la leyenda, el sultán dijo estas palabras: "Llamáis a Fernando un monarca sesudo, pero empobreció su imperio para enriquecer el mío").

En ese entonces prevalecía la literatura, así como cartas y documentos en judeo-español, tal como se acostumbraba escribirlos: con caracteres *rashi,* es decir, letras hebreas pero expresando un discurso del español. (Esta forma de emplear el alfabeto hebreo se debe al rabí francés del siglo XI Shlomo Itzjak, más conocido por su acrónimo Rashi ["Ra" (rabí) "sh" (Shlomo) "i" (Itzjak)].

Siglos después, el presidente Kamel Ataturk, en su afán de occidentalizar Turquía, decretó que la escritura de su país renunciaría a su alfabeto en forma definitva y pasaría a escribirse con caracteres latinos. Eso explica que la lengua turca arrastrara a la escritura judeo-española a pasar por la misma criba. De modo que el uso de la "k", tan común en la grafía del ladino, impregnó la nueva escritura del judeo-español por influencia del turco. No ocurrió lo mismo con el "aljamiado", es decir, con los caracteres árabes en los que fue escrita, por ejemplo, la *Guía de los perplejos* de Rambám (Maimónides). Si leyéramos su original, descubriríamos que si leyéramos su original descubriríamos que esos caracteres de escritura hebrea se decodifican en lengua árabe y no en hebrea como se nos hace creer a primera vista. Vueltas de un escritor que vivió en España, Marruecos y Egipto empleando una especie de código para dirigirse a un grupo y no al otro. Tal como ocurrió por años con la escritura del ladino. Es decir, empleando el alfabeto hebreo pero con un discurso en judeo-español.

En la época de Ataturk, novecientos años después, un cúmulo de escritos se vio afectado en el proceso de transliteración. Al pasar de un alfabeto a otro se empleó más de un criterio; hasta la fecha, no existe un diccionario en ladino que tenga la última palabra. Esto, sin duda, crea una Babel de signos y también un encanto que comparte con pocas lenguas. Resulta lógico que esta condición, a los escritores contemporáneos de judeo-español, no sólo les represente una dificultad, sino que también les abre un espacio de inventiva. Las razones saltan a la vista. Para designar un instrumento inexistente en el siglo XV se construye una palabra. Por ejemplo "semáforo": *lampa de trafik*. (Una de las lenguas indígenas tonales, el mazateco hablado en Oaxaca, construye neologismos de forma similar. Para decir helicóptero usan el equivalente de "fierro que vuela en el aire"; para decir teléfono, "mecate de fierro".)

A pesar de que algunas universidades, como la Ben Gurión de Israel en el Neguev, tienen abierta una división de estudios de letras judeo-españolas, la mancha de opiniones se expande y cada quien lee, interpreta y decide conforme a sus criterios.

En España, el ministro de Educación, al final de los años cincuenta, propuso la siguiente analogía: "Ha ocurrido con la lengua de los sefardíes algo parecido a aquella leyenda del trovador que, al marcharse a la guerra, dejó su voz encantada en un rosal para que su amada pudiera seguir escuchándola".

Del diario de viaje

Pokos anyos faze konozí al Embajador i al Konsul de Espanya en Bulgaria. Es grande paradoxa —le dije—. Vozotros mos echatesh de Espanya faze 500 anyos ama mozotros guardimos la lingua, la kumida, los kantos, las dichas. Konservamos kozas espanyolas ke vozotros ya tenesh olvidadas i pedridas. Podemos darvosh pedasikos del pasado en el presente.

SOFI DANÓN, Sofía, Bulgaria

Así empezó la historia, o una versión de la historia, o uno de sus fragmentos.

FILEMÓN ESHUÁ, Ciudad de México

En el sékolo VII, el templo de Yerushalayim fue detruydo. De este entonses se ampieza la diáspora. Los djidyós ke moravan en Palestina i aldrededores, una parte de estos djidyós, vinieron aki a la Trasia. Otra parte, kaminando, kaminando, se fueron fin a la Espanya.

IVETTE ANAVÍ, Plovdiv, Bulgaria

El djudezmo es komo un iliko de seda ke mos ata injuntos.

SOUHAMI RENAUD, París, Francia

Cuando una lengua se pierde, no sólo desaparecen sus palabras.

MARÍA YOSIFOVA, Ciudad de México

La sintaxis sefardí me devolvió un candor perdido y sus diminutivos, una ternura de otros tiempos que está viva, y por eso, llena de consuelo.

JUAN GELMAN, Ciudad de México

Soy el punto adonde confluyen los ecos.

SOLEDAD BIANCHI, Santiago de Chile

Es triste morirse solo en esta *lingua*.

MARCEL COHEN, Francia

Algunas razones sobre la conservación del ladino después de tantos siglos son el hondo amor a la tradición y a la patria de otros tiempos, idealizada por el espejismo de la lejanía.

RAMOS GIL, España

Yo soy el monstruo de una encrucijada. En el cruce de dos lenguas y de por lo menos dos tiempos, amaso un idioma que busca vestigios.

JULIA KRISTEVA, Francia-Bulgaria

El ladino es una lingua sin patria.

ELIEZER PAPO, Sarajevo

Kedí loka de amor kon este mo de espanyolit.

ESTHER LANIADO, Siria

Del diario de viaje

Con mi cuaderno de notas me acerqué, primero en España y luego en Israel, a cuatro personas que, al parecer, consignan como cierta su postura y decretan como válida su ruta de pensamiento. A diferencia de las lenguas habladas por millones (ésta sólo la practican o la conocen unas trescientas mil personas en el mundo, casi toda gente mayor), se produce un escenario típico: pueblo chico: infierno grande.

Los que suscriben estos testimonios sostienen como buena su verdad; no sólo un interés, sino un amor celoso y dominante por aquello que defienden. Salvo con Elena Romero, las conversaciones se llevaron a cabo en judeo-español, con la aclaración de que serían traducidas al castellano.

ELENA ROMERO, Madrid
(Consejo Superior de Investigaciones Científicas. Académica. Especialista en lenguas semíticas. Autora de una reconocida y extensa obra especializada en la cultura sefardí.)

—¿Qué piensa usted de los criterios actuales para escribir el judeo-español?
—Nuestro querido amigo, Moshé Shaúl, con el que me llevo muy bien a pesar de nuestras diferencias científicas, dirige la revista *Aki Yerushalaim*. Moshé no habla bien español,

le resulta mucho más fácil escribir sin reglas ortográficas y lanza la idea de establecer una grafía barbarizante para escribir el judeo-español. Debería saber Moshé Shaúl que está apartando a los millones de lectores de castellano que hay en el mundo, pues esa grafía impide disfrutar un texto literario. Llega el momento en que un lector de castellano experimenta un rechazo óptico delante de una grafía tan ajena a su costumbre. Que piensen los de *Aki Yerushalaim* que, con ese criterio, están evitando el contacto de las bellas letras sefardíes actuales a los lectores hispanos. Por otro lado, yo le aconsejo que use acentos: evitará muchas confusiones. Es importante facilitar la lectura de los textos. Y ya que propone complicarla de otras maneras, que al menos acentúe; vamos, que no se le cae su mundo de la "k" al acentuar.

Moshé Shaúl, Jerusalén
(Editor de *Aki Yerushalaim, revista kulturala djudeo-espanyola*, publicada en Jerusalén, la única en el mundo que incluye todos sus textos en ladino.)

—¿Qué piensa de la discusión que se ha dado a partir de la propuesta ortográfica de su revista?

—El problema no son las diferencias fonéticas del ladino, sino los criterios ortográficos. Cuando salió la revista *Aki Yerushalaim*, hubo una polémica entre los hispanistas de España. Querían que escribiéramos según el castellano moderno y nosotros les explicamos que si lo escribimos así, no podríamos pronunciar el ladino. Nosotros no vivimos en España ni tenemos esa posición; son los investigadores que publican libros académicos y transliteran libros escritos en letras *rashi* a letras latinas quienes piensan de ese modo. Ellos no usan la lengua para escribir ni para expresarse. Sólo la emplean para trasladar al castellano obras literarias en ladino (escritas originalmente con otros caracteres). Casi todos son trabajos de corte académico. Elena Romero y Iacob Hazan, su esposo (que en paz descanse), admirables académicos, creen en lo suyo y nosotros y mis colaboradores pensamos seguir así.

—He hablado con Elena Romero. Ella plantea que, al menos, se debería acentuar para evitar confusiones...

—Tradicionalmente nadie lo hace; nuestros libros están escritos sin acentos. Para usar el acento la gente tiene que tener una noción mínima de gramática y la mayoría no conoce la gramática española. Es una lengua que hablaban desde siglos atrás, transmitida básicamente en forma oral. Y si preguntas cómo vamos a distinguir con el tiempo en un escrito "paso" de "pasó", la respuesta es obvia: por el contexto. Llegamos a la conclusión de que los acentos sólo deben emplearse en los libros de gramática para los alumnos de la lengua; también en los diccionarios, pero para la escritura corriente, y más entre nuestros hablantes, los acentos sólo complicarían su comprensión.

ELIEZER PAPO, Jerusalén
(Escritor serbio. Autor de *La meguilá de Saray*, novela publicada originalmente en ladino y traducida por él mismo al serbio. A pesar de vivir en Jerusalén, es el rabino de Serbia. Un rabino moderno, ni siquiera se cubre la cabeza. Su lenguaje y sus giros en judeo-español son ricos, excepcionales. Le explico, sin embargo, que traduciré sus respuestas al castellano.)

—¿Cuál es tu posición respecto de la ortografía que debe emplearse actualmente en el judeo-español? Algunos académicos españoles afirman que, al cambiar radicalmente las reglas ortográficas del español moderno, se complicaría la lectura...

—Los académicos españoles son los últimos que nos van a decir cómo escribir nuestra lengua. Si de verdad hubiesen querido que escribamos como lo hacen ellos, no nos hubieran echado de España en el siglo XV. Cuando dicen que el ladino es una lengua española, deberían saber que también es una lengua balcánica. Si querían que nuestra forma de hablar fuese como la suya, perfecto, entonces nos hubieran dejado allí.

ELENA ROMERO

—Hay posturas radicalmente distintas a la suya. Un escritor serbio me ha dicho que si los académicos como usted piensan que debemos escribir con la grafía actual, entonces no tenían que haber echado a los judíos de España.

—¿Hay quien dice eso? Bueno, no hay nada que responder. Sólo se trata de una majadería.

FORTUNA BENABIV, México
(Actualmente prepara un diccionario ladino-hebreo/hebreo-ladino.)

—¿Por qué acentúa usted el ladino con criterios de castellano moderno?

—Creo que el ladino debe conservar su sabor, sus giros, sus diminutivos, pero es indispensable que los acentos se respeten porque, dentro de algunos años, ¿quién va a saber si "dinero" se decía *páras* o *parás*?

—Es curioso que siga otro criterio en sus escritos al que utiliza y difunde la revista *Aki Yerushalaim,* que usted tanto sigue y admira.

—Estoy preparando un diccionario y he tenido que tomar muchas decisiones. No puedo coincidir con todos. Hay muchos criterios y yo tengo el mío. Y, sobre todo, tome en cuenta una cosa: estoy harta de dar tantas explicaciones.

ELIEZER PAPO

—¿Existe algún futuro para la literatura judeo-española?

—He observado que cuando alguien lee un texto en judezmo, por ejemplo de poesía, sólo espera encontrarse con el apartado nostálgico, o bien con el dolor de la *Shoá* y, si no encuentra ninguno de estos dos, lo más probable es que abandone la lectura. ¿Te das cuenta? ¿Qué futuro puede entonces vislumbrarse?

FORTUNA BENABIV

—¿Qué opinaría si le contara que yo solamente uso acentos cuando considero que una palabra causa confusión? Es decir, empleo el recurso del acento para decirle a un lector no especializado cómo debe pronunciarse una palabra...

—¿Ah, sí? Bueno, pensaría que no está usted bien de la cabeza pues, ¿quién se cree para decidir algo que no le corresponde sobre una lengua que ni siquiera habla a la perfección?

Molino de viento

Estamos jugando a la pelota en el jardín de Jana, mi amiga de la casa vecina, cuando me lanza un tiro tan alto que me obliga a retroceder a toda velocidad para centrar la pelota con mi cuerpo. En ese momento descubro, entre la enredadera del jardín, una ventana de vidrio grueso. Una parte es de color lechoso y no deja pasar más que una luz débil. El lado izquierdo es transparente. Allí coloco las manos en el vidrio para quitar la sombra de los lados y encajo la cabeza en medio. Descubro a dos mujeres vestidas a la usanza medieval, con un quinqué encendido, sentadas en torno a una mesa de madera.

La más joven tendrá veinte años y la mayor es una anciana vestida de oscuro, con una cofia negra en la cabeza. Parlotean mientras pelan unas cebollas verdosas. Al lado hay una jaula pero no distingo qué hay dentro. Las capas de la cebolla se desbordan del plato.

Me encuentro perpleja cuando mi amiga me llama con un grito.

—¡Quítate!, no te asomes por ese hueco, mi mamá me lo prohíbe. Si te sorprende me va a castigar a mí.

—Está bien —le digo, y de verdad me aparto.

Jugamos otra vez, pero mi cabeza está del otro lado. Lanzo la pelota tras la barda, adrede, pero como si fuera por descuido.

—Tendremos que pedírsela al enojón de al lado. ¿Vienes?

—Perdón, ve tú, me duele un tobillo.

En cuanto se va, regreso a la ventana tras la enredadera. El quinqué parece haberse transformado en un candelabro de nueve brazos con nueve velas encendidas. Han abandonado la canasta de cebollas. La anciana se levanta de la mesa con dificultad, alza los ojos, enfoca, me descubre husmeando del otro lado.

Ahora puedo escucharla. En una lengua extraña me invita a pasar.

—No puedo —le digo—. Todo está cerrado y la ventana no tiene jaladeras.

—Pídelo con fe, me dice, y atravesarás el muro.

La más joven sonríe sin despegar los labios. Entiendo que ella también me anhela.

Los oídos comienzan a zumbarme. Puedo leer sus labios con enorme claridad.

—Cierra los ojos —me pide la anciana.

Obedezco. Al abrirlos estoy del otro lado. Me duelen los oídos. Tengo la sensación de haber hecho un viaje largo. ¿Y ahora?

—Has pasado la línea —me dice la anciana mostrando su encía negra.

¿Cómo demonios avisarle a mi mamá que voy a llegar tarde a la cena? El zumbido metálico vibra en mi cuerpo, me desconcentra. Vuelvo a la ventana. El jardín está vacío, sin Jana. ¿Cayó la noche a la mitad del día?

A un lado, la jaula guarda un pájaro inmóvil. ¿Vivo? Tampoco entiendo del todo si yo y mis dos anfitrionas estamos muertas. Comprendo todas las palabras que se dicen entre sí. *Baruj Atá Adonay Eloheinu Melej Aholam Asher Kidishanu Bemitsvotav Vetsivanu Leadlik Ner Januká.*

La palabra "Januká" me permite saber que estamos en el mes de *kislev* equivalente a diciembre, la fiesta de los candelabros. Me siento un momento para mitigar el zumbido. Cierro los ojos en este mundo de niebla. Escucho la bendición.

El lenguaje es una piel. Yo froto mi lenguaje contra el otro. Es como si tuviera palabras a guisa de dedos, o dedos en la punta de mis palabras.

Curiosamente llevo el escrito en la palma de la mano.

Distancia de foco

El 5 de septiembre de 1951, en un vuelo de la British Over-seas Airways Corporation (BOAC) que salía de Londres hacia "América", dejaron subir a una mujer con nueve meses de embarazo. El avión tuvo que aterrizar en las islas Bahamas porque a medio vuelo la mujer comenzó a tener contracciones frecuentes. El piloto, avisado de la emergencia, pidió permiso para alterar su ruta y en la torre de control de Nassau solicitó el uso del aeropuerto de Bahamas. El permiso le fue concedido. La mujer iba sosteniéndose el vientre a media nave, en el asiento del pasillo, como si eso impidiera que el bebé se escurriera entre sus piernas a treinta mil pies de altura. Su técnica para respirar resultaba inmejorable, pues era cantante de ópera y sabía llenarse los pulmones, retener el aire y dejarlo salir con una lentitud asombrosa. Lo soltaba con un silbido continuo como una exhalación de armónica, sin mover un solo músculo de más. Dominar esa técnica era muy sencillo para una contralto que había actuado en diversos foros de ópera, pero no iba a alterar el destino de quien venía haciéndose lugar para nacer. Supongo, eso sí, que en esos momentos respirar calmaba su mente y gobernaba sus dolores.

Tenía treinta y dos años. Viajaba acompañada de un marido excitado y temeroso por la llegada de su primer hijo. El bebé nació en el hospital Sands y enseguida le extendieron un acta oficial donde se consignaba su lugar de nacimiento. Nassau. Islas Bahamas. Arriba el escudo del Reino Unido. Ellos miraban a su hijo, miraban el acta y no lograban hacer coincidir los datos que arrojaba la situación. Padres búlgaros primerizos atravesando el mar. Contracciones cada cinco o seis minutos. Parto natural. Bebé en territorio jamás imaginado. Llanto normal. Rostro medio balcánico-medio español. De *lord* inglés no, no, nada…

Exactamente diez días después aterrizaron con su hijo en la Ciudad de México sin saber muy bien qué hacer. Lo que tenían presente es que en México había un volcán de nombre impronunciable y un viejo luchador social llamado Pancho Villa. Los primos los esperaban con un ramo de nubes en el aeropuerto de Balbuena. De inmediato los llevaron a su casa de la calle Santa Rosalía en la colonia del Valle, donde vivieron medio año en condición de "recién llegados".

Los volcanes nevados en el cinturón del horizonte aparecieron por primera vez mientras ella amamantaba a su hijo. Ellos nunca habían visto un volcán. Y esa imagen selló sus vidas como una especie de amuleto.

—México es un país maravilloso. Todo se arregla con facilidad —irrumpió la prima fracturando esa imagen idílica que veía tras la ventana. Se aclaró la garganta y le sugirió ir al Registro Civil—. Vamos, podemos decir que el bebé acababa de nacer en el Sanatorio Español, así le simplificas una vida de trámites. Además yo conozco personalmente al subdirector y nos va a ayudar. Es muy fácil conseguir el acta mexicana, ya verás.

La madre entendió que en México las cosas se arreglan así.

—Me resisto a empezar su vida con mentiras —le dijo a su prima mientras el Sol se escondía entre las lomas del valle de México.

Cuando el bebé creció, le contaron el periplo de su nacimiento y él, claro está, le reclamó a su madre, pues, de haber ocurrido el alumbramiento en el avión, la criatura hubiese gozado de pasaje gratis el resto de su vida. Es un decir, porque la BOAC desapareció a principios de los años setenta.

Como prueba de su inesperado destino inglés los padres eligieron para su hijo el nombre "Michael". La pareja se adaptó a México a una velocidad asombrosa. Aprendieron a decir "ahorita vengo", a que la gente les dijera "yo te llamo" sin el menor resultado y, sobre todo, a vencer el olor de las tortillas de maíz y a orear la lengua cuando se ha abusado del picante. A los pocos años trajeron a la Ciudad de México a sus padres. Es decir, a mi abuela Victoria, ese tótem decimonónico que se encargó de agriarme la vida desde su comienzo, cuatro años después de este suceso. Un dato curioso: en 1952 (es decir, meses después del nacimiento de mi hermano), la BOAC se convirtió en la primera aerolínea en emplear aviones comerciales a reacción, el de Havilland Comet: "Todos los Comet de la Serie 1 fueron retirados del servicio en abril de 1954 después de que tres Comet de BOAC se estrellaron. Los investigadores descubrieron serias roturas en la estructura de los aviones". El primer accidente ocurrió en 1952.

Ahora pienso en toda la sucesión de casualidades y contingencias para que mi familia búlgara se arraigara en México, para que no tomara uno de esos aviones, para que mi padre fuera bajado del tren a última hora en un viaje que lo llevaría al exterminio, para que los años de guerra en Bulgaria lo pasaran allí y no en cualquier otro país europeo, para que las condiciones impidieran el viaje de estudios a Nueva York de mi madre, lugar al que soñaba llegar con una beca que casi tenía en las manos cuando se desató la guerra. Todo lo ocurrido para que se conocieran en años de enorme dificultad. O dirigiendo el espejo hacia mi propio ombligo, cuánta historia y cuánta guerra para ser una cabeza más en el ganado de este mundo. Como un Emil Corian malhumorado:

> Para poder vislumbrar lo esencial [...] hay que permanecer tumbado todo el día, y gemir...

Y gemir.

Distancia de foco

—Si no fuera por Hitler ni tú ni yo no estaríamos aquí —le digo a mi hermano.

—¿Ya te habías dado cuenta? Hitler, tú y yo...

En la noche de ese mismo día mi madre nos cuenta que en su ropero se encuentra esa estrella amarilla con la que tuvieron que identificarse en Sofía como judíos. Nos dice que el gobierno alemán ofrece a los judíos que aún conservan esa estrella una indemnización. A la muerte de mi padre ella quizá se ve tentada a cobrar, pero jamás lo hace. "No quiero oír palabra de ese gobierno." En cambio nosotros, en nuestro rito secreto, le prendemos una vela al bigotón por la oportunidad de estar en el mundo. Suerte que mi mamá no se entera porque hubiera escupido en nuestro lugar de juegos.

Distancia de foco

Es una casa pequeña. De día se vive solamente en un espacio, pero de noche le crece por dentro una casa mayor. Durante la tarde el pasillo se baña de guindas y azules gracias a la luz poniente filtrada por un vitral con motivos religiosos. Es José. ¿El de los sueños de la Biblia? No. Quizá sea san José. Por la escalera se baja hacia el salón y a un pequeño estudio y enfrente está la cocinita forrada de azulejos de color añil. La ventana asoma a una calle muy estrecha. De vez en cuando llevan cabritas a pastar a unos terrenos baldíos que alcanzan a verse y, más allá, se divisa una pared de cipreses. Por las noches la casa crece por dentro, la descubro siempre con asombro y con temor. Allí hay un enorme salón de piano, vacío, pero no abandonado. Lo visita mi madre.

Cuando me encuentro en la casa añadida, la propia, donde verdaderamente vivo, deja de existir. Esa sensación la copia mi cuerpo al despertar. Mi vientre crece, se llena de ácidos, se resiste al misterio, como si yo tuviese también un cuerpo adentro de otro, un cuerpo oculto.

Una mañana descubro la razón, encubierta hasta entonces para mí, y que explica por qué elegí esa casa para vivir sola por primera vez en mi vida: casi al despertar, mientras hervía el agua para prepararme el café, con la mirada perdida en la ventana, vi con una curiosidad distinta los cipreses formados a media distancia. En ese momento tocaron a la puerta. Era el casero, un hombre desagradable que solía fingir una gentileza excesiva. Le pregunté por la cortina de cipreses.

—Son del Panteón Jardín, el que está en el Camino al Desierto de los Leones —me dijo.

Le agradecí el dato, le pagué la renta y volví a mi taza de café sin comprender del todo nuestras formas ocultas de proceder, sobre todo ante nosotros mismos, escamoteándonos la verdad y actuando bajo un aire sin atmósfera, flotando, sin hacer tierra: a menudo nuestros actos son secretos para nosotros mismos. Allí, tras los cipreses, habían enterrado a mi madre hacía once meses y, sin percatarme, elegí esa casa, justo frente a esos árboles, para estar más cerca de ella, sin el menor diálogo conmigo, como un hechizado que sigue una orden, quizá la de mi madre interna, que a partir de entonces apareció en la casa crecida, en la sala de piano, sólo de noche, sólo mientras soñaba, tocando un nocturno de Chopin, embebida en su ritmo, flotando en la música que esponjaba el ambiente del salón. Me aclaro la garganta, ella sube la mirada, sonríe y regresa a su burbuja, meciéndose en el piano. Las notas me parecen semillas oscuras. "Buenas noches, mamá." No logro entender qué hace mi madre metida en mi casa. Verla a los ojos, oír su voz, me produce escalofríos. Quiero decirle cuánto la extraño, lo feliz que soy de volverla a ver, lo difícil que ha sido llevar el duelo.

…Y el tiempo perdido me envolverá con sus meditaciones que aparecen en un registro obligándome a retroceder, allí, en el espacio en que todo suele olvidarse.

> El atalaje del sueño, como el del sol, camina en una atmósfera donde no puede detenerle ninguna resistencia…

Aquí me atravieso yo, me agrego con los añadidos de quienes años después recogemos las piezas sueltas para com-

pletar una figura que nos parece extraña aun cuando nosotros la hemos diseñado.

Entonces, de esos sueños profundos nos despertamos en una
aurora sin saber quiénes somos.

Del diario de viaje

Madrid. Casa de Esther Bendahan. Hoy es una fiesta judía y ella, junto a sus hijos, bendice el pan y enciende las velas. Desde hace años cuida la tradición con sorprendente entrega, sin importarle lo que piense la gente alrededor. Piel aceitunada, ojos muy expresivos y una sonrisa que alumbra todos los colores tierra de su cara. Le fastidia que se le dispare pregunta tras pregunta.

¿Desde cuándo comes todo *kosher*? ¿Y todas tus parejas han sido judías? ¿Y cómo haces aquí en Madrid? ¿Y qué dicen tus hijos cuando te ven salir con un hombre no judío? Ella se detiene convencida de que su velocidad es otra, a pesar del ruido, a pesar de los requerimientos de la vida moderna. Sabe que el dios de la lentitud del que hablaba Handke está inmerso en muchos de esos ritos. Los sábados no viaja ni escribe de su puño y letra. Respeta esas costumbres y al parecer el silencio y la quietud de esas prácticas le ayudan a vivir mejor.

Nos sentamos a tomar café turco en el sofá que mira a una ventana poniente. El tinte del atardecer tapiza de naranja los muebles del salón.

—Si toda tu familia viene de Marruecos, supongo que estarás familiarizada con el *haketía*.

—¿Cómo no voy a estarlo si era la lengua en que se decían las expresiones más cotidianas? Hoy en día el *haketía* se ha quedado en mi familia para un uso cómplice. Más que una lengua es un lenguaje secreto entre nosotros.

—¿Me podrías decir alguna expresión o algunas palabras distintas del ladino en ese lenguaje secreto?

—*Me vaya kapará por ti*. Esto es algo que solamente lo puedes usar con tus hijos o con alguien realmente de tu sangre o de tu alma. Es como decir "que yo asuma todo el mal y a ti no te pase nada". Yo le enseñé esa expresión a alguien. Con mucho asombro, descubrí meses después que me había dedicado un texto. Decía "a EB, MVKPT" (*me vaya kapará por ti*). Era toda una declaración de amor. También hay palabras en el *haketía* que son muy distintas del ladino o del castellano.

—¿Como cuáles?

—*Jiyal* es "guapo". Si dices "éste es un *jiyal pintado*", te refieres a que es un guapo total, sin discusión. *Sheteando* es entre "halagado" y "contento". La palabra *serkear* significa "dejar pasar" o "no dar importancia". *Arrevolver* es cuando se habla sin sentido. *Mechnun* es de mal humor, pero es una palabra que hay que emplear con precaución pues en árabe significa "endiablado".

—¿Qué ocurrió con la diáspora judía que se estableció en Marruecos?

—Fue muy curioso, pues se incorporaron a la conciencia española mucho más que a la marroquí. No ocurrió lo mismo con otras diásporas.

—Y, como escritora, ¿sueles exponer esto en congresos y seminarios de estudio sobre las lenguas judías?

—A veces me encuentro muy incómoda en esas reuniones. Al lado de ciertos estudiosos académicos me siento una ignorante. Ellos se empeñan en hacer creer que quienes no conocemos con exactitud una copla del siglo XVII realmente somos iletrados. Yo tengo otra visión del mundo. Cuando he llegado a exponer mis puntos de vista pienso que los académicos me ven con distancia. Tenemos dos líneas que corren paralelas pero que difícilmente se alcanzan a cruzar.

—¿Por qué? ¿Cuál es la actitud que sale a flote?

—Es muy sencillo. Si ellos fueran contemporáneos de Ibn Gabirol, lo hubiesen expulsado por ser un creador y no un ratón de bibliotecas.

Molino de viento

El sol de invierno, siempre más inclinado, mordía mis ojos y el efecto de la luz los irritaba. Por eso me quité los lentes de aumento y los puse en mi cabeza hasta que después, ya en la sombra del patio trasero de mi casa, me llevé la mano a la coronilla esperando encontrarlos. No estaban. Los busqué en el patio, adentro de la casa; recorrí todos los rincones, afuera y adentro, y de pronto, al deslizar los ojos, vi, en el muro del baño, una pequeña puerta que jamás había registrado. Pensé que estaba soñando, pues nunca hubo puerta alguna en la pared.

Le asesté un golpe con mis caderas. Logré abrirla y pasar al otro lado. ¿Será la casa del vecino o la que crece de noche adentro de mi casa? Temerosa de ser descubierta, noto que mi corazón se acelera. ¿Cómo es posible desconocer ese punto mustio, especie de casa adentro de mi casa? El pasillo me conduce a una enorme sala con fotografías. Husmeo. Descubro que esas imágenes son de mi familia. Ahí están mis padres trepados en la escalinata de un barco. Él viste un traje ligero color gris y ella una falda plisada y una camisa color crema con puntos negros. Lleva colgada al hombro una bolsa pequeña, oscura, pegada al cuerpo. En otro retrato distingo a un hombre elegante, apoyado en un bastón, pero el bastón parece ser sólo un adorno del personaje. Me acerco a ver sus rasgos y noto que es mi abuelo materno. Murió joven y dejó viuda, con tres hijos, a mi abuela Victoria. (¿Sería ésa la razón de su amargura?) Él es Ezra, un hombre bajo, pero muy bien parecido. Su nombre siempre me pareció feo y difícil de decir. (En hebreo, "Ezrá", con acento en la última sílaba, significa "ayuda". Como si se llamase "Socorro".) Curiosamente mi familia nunca lo mencionaba. Mis primas y yo, de más grandes, llegamos a pensar que el abuelo fue un coscolino. "Te apuesto a que se murió de sífilis, por eso se fue a un centro de salud de los Balcanes a morirse solo con sus vergüenzas; eso explica por qué nunca nos hablan de él." "No seas tonta. La que no lo menciona es la abuela Victoria. Ella cree que hablar de muertos es de mal gusto." "¿De mal gusto? Pero si a mí me dice cosas horribles de mi papá." Escucho internamente estos diálogos mientras veo en el retrato los ojos de mi abuelo llenos de vida. Me asaltan unos versos de la poeta rusa Anna Ajmátova:

Cuando muere una persona
también cambian sus retratos
sus ojos miran de otro modo y sus labios
sonríen de otra forma

Paso el dedo índice por la cara de mi abuelo, sigo la línea de su bigote ancho, de su sombrero de copa, de su levita perfecta e imagino que él me responde con sosiego. El peso de esa sensación me permite continuar por el espacio que se estrecha y se oscurece. Unos pasos más adelante tropiezo con una puerta blanca. Parece un dormitorio. Algo me dice que no debo empujarla. Me sudan las manos. Literalmente me salta el corazón. Todo está en silencio. Mis pasos, mis latidos se registran en la muñeca y suben golpeteando la garganta. Al andar se percibe apenas el sonido de la ropa frotada contra el cuerpo. Si no entro, me quedaré con la duda para siempre. Si abro, quizá me encuentre con una escena aterradora. Decía Freud que el miedo es un sufrimiento que produce la espera de un mal. En este momento gana la curiosidad. Apenas con un toque, la puerta se desliza y al fondo de ese salón noto que hay un piano de cola, marca Steinway, al que le cuelga un manto negro, terminado en flecos, bordado con flores vino y naranja. Un poco más allá, una mecedora en movimiento. No es mi madre tocando a Chopin, es mi abuela Victoria. Está tejiendo. *Ven ijika. Asienta.* Y me señala sus piernas con un gesto. Me acomodo arriba de ella, cerca de las agujas que ya ha puesto a un lado. Es una mujer corpulenta. Tiene un ojo operado y el parche está mal puesto, se le nota el hueco. Tengo miedo de sus amenazas; siempre me dice que sus males me van a pasar a mí. Qué hondo parece el hoyo que ocupa el lugar del ojo. De niña, cuando en una comida yo misma abusaba y me servía en el plato más de lo que podía comer, ella me decía *ojo vaziyo* (arrastrando la *z* para hacer más dura la crítica). Pienso en el contraste del plato lleno y el *ojo vaziyo* cuando volteo a encontrarme con una oquedad expuesta por arriba del parche. Eso me obliga a verla en toda su fealdad, pero ahora me lleno de un aire distinto al de mi niñez y no me irrito como seguramente hubiera sucedido entonces. "Tápate ese hoyo", le hubiera dicho de golpe. Ella está aquí y corta el silencio, primero con la respiración y después con las palabras.

—*Keres saver ande estan tus anteojos, hanum?*

—Sí, abuela, ¿dónde están?

—*Mmm…. Los deshates en la borsa del avrigo preto, los deshates porke tu kaveza siempre esta bailando…*

—¿Ya vas a empezar?

—*Ama, no, ijika, yo ya eskapí.*

—¿Acabaste? ¿Qué acabaste?

—*Eskapí de morir.*

—¿Por qué? ¿Ahora adónde vas?

—*Agora entro a la kamareta del fumo final.*

Se queda callada y yo me incorporo. Comienzo a caminar hacia la puerta blanca por donde había entrado y al voltear hacia ella noto que se ha dormido. Aun así sigue meciéndose. Las agujas están allí, enterradas a un costado. Le doy un beso sobre la piel delgada de su cara con la sensación de su ojo hueco tan cerca de mí que me produce un sacudimiento en los sentidos. Sus labios tienen una membrana viscosa. Parece que se comió su propio ojo, balanceándose en esa mecedora.

Salgo del cuarto, atravieso el pequeño andador oscuro, llego al salón de las fotografías, me acerco nuevamente a la imagen de mi ábuelo Ezra. Ha cambiado de posición. Ahora está sentado y sin levita. Vuelvo al pasillo de la entrada. Allí cruzo el umbral hasta salir al baño de mi casa, exactamente por el sitio donde entré, por esa puerta estrecha. Cuando cierro, la silueta que dibujaba la puerta con absoluto realismo, desaparece. Me siento a orinar y, así, mientras cae profusamente un chorro en la taza, comienzo a entender todo lo que vi atrás del muro: una extensión de mi casa del otro lado de la pared, un espacio habitado por una muerta, siempre cerca de mí. Cierro los ojos recordando los olores, los tonos de la atmósfera, las fotografías de mis padres, de mi abuelo Ezra, los diálogos inesperados con la abuela Victoria. Al abrirlos, enfoco el muro, allí donde había entrado y salido y lo compruebo otra vez: es un muro ciego. Con el primer escalofrío jalo el agua, y antes de volver a la cama, voy hacia el abrigo negro.

Mis lentes, tal como me dijo la abuela, están allí.

El sueño rompe las dimensiones y penetra en nuestra percepción confundiendo las coordenadas. Entendemos más de lo que aceptamos entender. *Lo mismo que le basta a un ojo cerrado con una ligera compresión para tener sensación de color.* Y esa sensación cambia con el tiempo. Cuando pienso en mi abuela con mi corazón de niña, la detesto. Ahora puedo traerla a la memoria con su ojo hueco y blando, revelándome algo más de lo que puede mi lógica aceptar y, sin embargo, me inunda una sensación humilde y acepto el regalo como se acepta el tiempo: sin entenderlo.

Pisapapeles

La abuela paterna guarda un manuscrito con una caligrafía inusual debajo de un álbum de fotografías. Lo despliega con cuidado, pone su índice en el título, me mira a los ojos y me explica:

—*Agora sos mui chikitika para entenderlo. Kuando yo me tope fuera del mundo, este mezmo manuskrito lo guadrarás i para ti.*

Cuando comienzo a leerlo, me doy cuenta de que tiene razón. No lo entiendo y tampoco me interesa.

Durante años se queda doblado en un cajón bajo los pasaportes de mis padres. Al morir mamá, una tarde, alrededor de mis veintiuno o veintidós años, me entrego a descifrar lo que ahí se dice. Quiero suponer que es la letra de algún copista de finales del siglo XIX. Sin embargo, su contenido viene de cinco siglos atrás.

¿Por qué tenía esa sentencia de expulsión junto a sus documentos personales? Quizá le gustaba almacenar heridas. Alguna vez habló de otro papel que encerraba un enorme dolor, que muy pocas veces se atrevía a tocarlo. Eran sus señas de identidad, las únicas que podían esbozar un mapa de sus ancestros. ¿A qué se habrá referido? Nunca lo sabré. En cambio palpo las hojas maltratadas, rotas en los bordes, de esta obra caligráfica barroca y perfecta. Aun con las roturas se lee a veces con claridad, a veces con cierta confusión, lo que a continuación se transcribe con idéntica ortografía.

Edicto

Don Fernando é doña Isabel, por la gracia de Dios rey é re-
yna de Castilla, de Leon, de Aragon, de Siçilia, de Granada,
de Toledo, de Valençia, de Galicia, de Mallorca, de Seuilla, de
Çerdeña, de Córcega, de Murçia, de Jahen, de los Algarves,
de Algeçiras, de Gibraltar, de las islas de Canaria, conde é conde-
sa de Barçelona é Señores de Vizcaya, é de Molina, duques de
Athenas é de Neopátria, condes de Ruisellon é de Çerdeña, mar-
queses de Oristan é de Goçiano [...] Nos fuimos informados
que hay en nuestros reynos é avia algunos malos cristianos que
judaizaban de nuestra Sancta Fée Católica, de lo qual era mu-
cha culpa la comunicaçion de los judíos con los cristianos [...]
é consta é paresçe ser tanto el daño que á los cristianos se sigue é
ha seguido de la participaçion, conversaçion ó comunicaçion,
que han tenido é tienen con los judíos, los cuales se preçian que
procuran siempre, por cuantas vias é maneras pueden, de sub-
vertir de Nuestra Fée Católica á los fieles instruyéndolos en las
creençias é ceremonias de su ley, persuadiéndoles que tengan é
guarden quanto pudieren la ley de Moysen; façiéndoles entender
que no hay otra ley, nin verdad, sinón aquella [...] Porque cuan-
do algun grave é detestable crímen es cometido [...] é los unos
por los otros punidos; é que aquellos que pervierten el buen
é honesto vivir de las çibdades é villas é por contagio pueden
dañar a los otros por el mayor de los crímenes é más peligroso
é contagioso, como lo es este:

Por ende Nos en consejo é parecer de algunos perlados é
grandes é caballeros de nuestros reynos é de otras personas de
çiençia é conçiençia de nuestro Consejo, aviendo avido sobre
ello mucha deliberaçion, acordamos de mandar salir á todos
los judíos de nuestros reynos, que jamas tornen ni vuelvan á
ellos que fasta en fin deste mes de Julio, primero que viene deste
presente año, salgan con sus fijos é fijas é criados é criadas é
familiares judíos, así grandes como pequeños so pena que, si

lo non fiçieren é cumplieren asi, é fueren fallados estar en los dichos nuestros reynos é señoríos ó venir á ellos en qualquier manera, incurran en pena de muerte é confiscaçión de todos sus bienes, para la nuestra Cámara é fisco [...] É assi mismo damos liçençia é facultad á los dichos judíos é judías que puedan sacar fuera de los dichos nuestros reynos é señoríos sus bienes é façiendas por mar é por tierra, en tanto que non seya oro nin plata, nin moneda amonedada, nin las otras cosas vedades por las leyes de nuestros reynos.

Dada en la çibdad de Granada, treynta e uno del mes de Marzo, año del Nasçimiento de Nuestro Salvador Jesucristo de mil quatroçientos é noventa é dos. Yo el Rey. Yo la Reyna, Yo Juan de Coloma, secretario del rey de la Reyna, nuestros señores, la fiçe escribir por su mandado.

Años después de haberme interesado por primera vez en este documento que atrapó mi atención por el lenguaje, la ortografía y el contenido, me entero de que como Edicto Real fue leído, en cientos de ocasiones, por distintos pregoneros en las plazas públicas de cada pueblo o ciudad, en presencia de un notario. Y que quizás en más de una ocasión ese pregonero fue un hombre judío dispuesto a lo que fuera con tal de quedarse en España.

Distancia de foco

A mi abuela Esther le encanta cocinar mazapanes y además los envuelve en un aura de importancia tal, que cuando mi hermano y yo sabemos que los ha preparado, nos tiene literalmente a sus pies. Nos da uno, tal vez dos y nunca más de tres. *Kale kudiar los marsipanes. Kolai no es ni fazerlos ni pagar por eyos.*

El olor a almendras en el fuego me anuncia una especie de ritual de regateos. Yo le pido un *marsipán* y ella dice "no" aunque después cede. Parte del rito consiste en rogar con devoción. Pasamos al segundo. Si está de humor, dice "sí", pero alcanzar el tercero implica una labor más larga, mientras que el cuarto ¡jamás! En la mañana le robé uno y se enfureció conmigo. Antes de perder la cabeza me contó una historia de un niño llamado Abraham Senior. Me hace gracia su apellido. (El "niño señor": no es un nombre envidiable para llevarlo el resto de tu niñez.) Ella me lo cuenta con gracia:

El niño Abraham es dócil y bueno hasta que una noche se topa un papel con unas *letrikas* doradas. Logra leer lo que esas palabras dicen: FROTA AQUÍ. Al hacerlo, le aparece un genio de botella a plena luz del día. ¿Para qué me llamaste?, le dice el *efrit* al niño. Avramiko estaba tan asustado que no pudo contestar. El *efrit* lo consuela con un dulce en forma de oblea y el niño se lo come de inmediato. Le da un segundo dulce y Avramiko vuelve a aceptarlo. Cuando le da el tercero, Abraham Senior comienza a hablar. "Dame todos los que tengas", le dice al *efrit*, convencido y maravillado por el sabor que le ha dejado en la saliva, la lengua y el paladar. "No", le responde el genio, "si comes más de la cuenta no podrás tener ligereza y tus sueños serán pesados como piedras". "No me importa", le revira el niño. El *efrit* le da todas las obleas que lleva encima y ya con las manos vacías se echa a reír. Abraham siente que los brazos le hormiguean así (mi abuela hace la mímica) y enseguida comienza a quedarse dormido. Pasan las horas. Cuando Avramiko despierta, el *efrit* ya se ha marchado. Avramiko quiere seguir soñando y al mismo tiempo debe llegar a casa. Sin embargo, no tiene voluntad. Decide seguir en la misma posición y entre sueños se percata de que ya no puede controlar la obediencia a sí mismo…

—¿Qué quiere decir la "obediencia a sí mismo", abuela?

—*Kale kreser bijú del alma miya…* —y me suelta una risotada junto a una tos reseca—. *Kale ke tus suenyos no sean pesgados komo los de Avramiko i sepas sentir kualo te dize el meoyo… si el meoyo te dize fazer una koza, dime, por kualo fazer la kontraria, bijú?*

¿Qué mensaje quiso mandarme la abuela entre el *marsipán* robado y el *efrit* que le ofrece dulces a Avramiko? La semana pasada salió a mi paso el nombre de un personaje histórico del siglo xv con el mismo nombre del cuento de mi abuela. Resulta que Abraham Senior no sólo es real. Desde muy joven fue el encargado de las finanzas y del cobro de impuestos en el Reino de Castilla. Con el tiempo fue uno de los consejeros predilectos de la reina Isabel la Católica. Cuando se firmó el Edicto de Expulsión, los Reyes Católicos lo convencieron de convertirse al cristianismo. Senior se bautizó en presencia de los reyes el 15 de junio de 1492, y cambió su nombre por el de Fernán Pérez Coronel. Tenía entonces ochenta años. Generaciones más tarde, durante la Inquisición, a muchos de sus descendientes los quemaron vivos, acusados de judaizantes o marranos.

Todo esto me llena de asombro al encontrar una respuesta al Edicto de Expulsión, supuestamente redactada por Isaac Abravanel y por Abraham Senior. Varios historiadores lo consideran un documento falso, hechizo, de escasa credibilidad histórica. Sea quien fuere quien lo haya redactado, sea el siglo XVI, XVII o XX, allí me encuentro a nuestro Avramiko, que en vez de comer dulces aparece en el documento, arengando, todavía como el rabino de la corte que fue durante años, por una causa perdida, antes de renunciar a ser *djidyó* y de bautizarse como cristiano nuevo.

Lo cierto es que la redacción del documento se les imputa a Isaac Abravanel (el firmante) y a Abraham Senior, su íntimo amigo, aquel que en los cuentos de mi abuela tuvo sueños tan pesados como piedras.

Sus Majestades:

Abraham Senior y yo agradecemos esta oportunidad para hacer nuestro último alegato escrito llevando la voz de las comunidades judías que nosotros representamos. Encuentro muy difícil comprender cómo todo hombre judío, mujer y niño pueden ser una amenaza a la fe católica. Son cargos muy fuertes, demasiado fuertes. ¿Es que nosotros la destruimos?

Es todo lo opuesto. ¿No estáis obligando en este edicto a confinar a todos los judíos en lugares restringidos y a tantas limitaciones en nuestros privilegios legales y sociales, sin mencionar que nos forzáis a cambios humillantes? ¿No fue suficiente la imposición de la fuerza, no nos aterrorizó vuestra diabólica Inquisición? [...]

En nombre de mi pueblo, el pueblo de Israel, los escogidos por Dios, declaro que son inocentes y sin culpa de todos los crímenes declarados en este abominable edicto. El crimen y la transgresión es para Vos; para nosotros es el soportar el decreto sin justicia que Vos habéis proclamado. El día de hoy será de derrota y este año, que se imagina como el año de la gran gloria, será el de la vergüenza más grande de España [...] Y si reyes y reinas acometen hechos dudosos se hacen daño a ellos mismos; como bien se dice, cuanto más grande es la persona el error es mayor.

Si los errores son reconocidos a tiempo pueden ser corregidos y el ladrillo débil que soporta el edificio puede ser resituado en posición correcta [...] El error de este edicto será irreversible, lo mismo que estas obligaciones que proclaman; mi rey y mi reina, escuchadme bien: error ha sido, un error profundo e inconcebible como España nunca haya visto hasta ahora [...]

¿Con qué autoridad los miembros de la Iglesia desean ahora quemar la inmensa biblioteca arábiga de este gran palacio moro y destruir sus preciosos manuscritos? Porque es por autoridad vuestra, mi rey y mi reina. En lo más profundo de sus corazones Vuestras Mercedes han desconfiado del poder del conocimiento, y Vuestras Mercedes han respetado sólo el poder [...]

Vuestras Mercedes verán que la nación se transformará en una nación de conquistadores que buscan oro y riquezas, viven por la espada y reinan con puño de acero; y al mismo tiempo os convertiréis en una nación de iletrados, vuestras instituciones de conocimiento, amedrentadas por el progreso herético de extrañas ideas de tierras distintas y otras gentes, no serán respetados. Esta es la ultima oportunidad para traer este tema a tierra española. En estos últimos momentos de libertad, otorgada por el Rey y la Reina, yo, como representante de la judería Española, reposo en un punto la disputa teológica. Yo la dejaré con un mensaje de partida, a pesar de que a Vuestras Mercedes no os guste [...] El mensaje es simple. El histórico pueblo de Israel, como se ha caracterizado por sus tradiciones, es el único que puede emitir juicio sobre Jesús y su demanda de ser el Mesías; y como Mesías, su destino fue el de salvar a Israel, de modo que debe venir de Israel a decidir cuándo debe salvarlo. Nuestra respuesta es la única respuesta que importa, o acaso Jesús fue un falso Mesías. Mientras el pueblo de Israel exista, mientras las gentes de Jesús continúen en rechazarlo, su religión no puede ser validada como verdadera. Vuestras Mercedes pueden convertir a todas las gentes, a todos los salvajes del mundo, pero mientras no conviertan al judío, Vuestras Mercedes no han probado nada, salvo que pueden persuadir a los que no están informados [...]

Mas, sin embargo, nosotros prosperaremos en otras tierras lejanas. Y doquiera que vayamos, el Dios de Israel estará con nosotros, y a Vuestras Mercedes rey Fernando y reina Isabel, la mano de Dios los atrapará y castigará por la arrogancia de sus corazones. [...] Expúlsennos, arrójennos de esta tierra que hemos querido tanto como Vos, pero los recordaremos, Rey y Reina de España, como los que en nuestros santos libros buscaron nuestro daño [...] Nosotros los recordaremos, y a su vil Edicto de Expulsión, para siempre.

Firma: Isaac Abravanel

Pisapapeles

"Vuestras Mercedes pueden convertir a todas las gentes, a todos los salvajes del mundo, pero mientras no conviertan al judío, Vuestras Mercedes no han probado nada, salvo que pueden persuadir a los que no están informados."

Si el documento fuera verídico...

¿Qué habrá pensado Senior al recordar esta afirmación en el momento de convertirse en una plaza pública?

Si el documento fuera apócrifo y posterior a la expulsión...

¿Por qué los redactores eligieron a Abraham Senior, un judío que se bautizó en medio de una publicidad espectacular tan conveniente para el reino?

El documento, sin embargo, pudo ser redactado no por Senior y Abravanel sino por un simpatizante de la expulsión, y por eso frases como "nuestra respuesta es la única respuesta que importa, o acaso Jesús fue un falso Mesías" se incorporaron al texto para justificar ante los lectores la irritación por un pueblo protagónico y excluyente... La aseveración, sea de quien viniere, resulta, en ese sentido, contraproducente y provocadora.

Mi abuela, en todo caso, nunca me aclaró que Abraham Senior, convertido en don Fernán Pérez Coronel, fue rabino de la corte, rico, ambicioso por la cercanía al poder. Una figura clave en el matrimonio de Fernando e Isabel, mantuvo siempre derecho de picaporte en el palacio, pero lo que no pudo fue librarse de aquello que seguramente quiso evitar. ¿Será por eso que en su historia mi abuela mencionaba la falta de gobierno en cuanto a sus propias decisiones? ¿Sus sueños hechos piedra? Siempre se paga un precio, Avramiko. Pienso en la mujer de Lot. Con tal de llevarse una última imagen de su amada ciudad, quedó convertida en un bloque de sal. Finalmente las dos historias tienen, como telón de fondo, la continuidad en la tierra por arriba de otros atributos.

Sin duda, Abraham Senior tuvo en algunas temporadas de su vida vínculos internos con su responsabilidad como rabí, pero no estuvo dispuesto a empeñar su apego al poder. Por eso aceptó convertirse en la pila de Guadalupe frente a centenas de observadores antes que se cumpliera el plazo del edicto y asegurar su permanencia en España en el entorno de la corte. La mujer de Lot, en cambio, sólo siguió un impulso de amor por Sodoma, su ciudad, escenario de los mejores años de su vida. Eligió su muerte de cara a su propia historia vital. Aunque su ciudad se destruyera, ella la miraría de frente por una eternidad y la fuerza de ese acto se difundiría por siglos, a contracorriente del mandato divino. La mujer de Lot, la mujer sin nombre propio, nos mira para reescribir la historia. Avramiko, no.

La cuarta pared

Me topo ande me topo... guaideminó!

Esto i mirando i meldando lo ke enkontro en las tombas de este jardin. Tombas de los papús de muestras vavás. Esta eskrito en letras evreas, ama kuando las meldas, la signifikasion es la muestra, la djudeo-espanyola...

Kero dezir ke meldando i meldando me rankontrí kon una djoya, kon un bijú. No está eskrito anriva de la tomba, no. A un ladiko, fizieron una gravura en una piedra preta, kon grandes letras grizes:

"Murio komiendo i beviendo, amando a su famiya. Pedronarlo. Agora no se alevanta a dezir shalom".

La tomba es de Dov Ben-Ezrá, nasido en Pazarjik, Bulgaria, en el mil i ochosientos i kinze i moerto en Istambol en el mil i ochosientos noventa i sesh. A Dov, lo tengo meldado, le plaziya komer a la media noche el gizado de la tadre. Por esto le yamavamos "papón", porke ansina nombravamos a kenes komen en demaziya.

Me faze akodrarme de un epitafio ke malorozamente no le eskrivieron, asegun su dezejo, al senyor del sinemá, Groucho Marx. Esto kerya para su tomba Monsieur Marx. Lo sé porke Salomoniko me lo dijo:

"Pido pedron por no ponerme empies".

Otro de estos ombres lokos, era un gursús, méchant, malo ombre, eskrivano kon el nombre de Donatien Alphonse François de Sade, moerto en el mil i ochosientos i katorze. Savesh kualo eskrivió para su tomba? Naldo el epitafio:

"Si no biví mas es por mo ke no tuve mas tiempo."

Ansí biva mi senyor padre ke esto es vedrá!

Ama lo de Dov es mas ekstranyo, mas sorpresa ke la famiya dejara este mo de eskrito en la piedra en diziendo ke le plazia komer komo un papón. Ansí va a entrar a la eternidad, a Gan Eden? Apretando entre los mushos un bokado i riyendo kon boka serrada para ke el Dio vea su grande edukasion? Los djidyós lo savemos: ken riye kon el bokado adientro es asko de ver. El Dio en los sielos kudie i torne bendichos a todos los moertos, los jaraganes, los papones, ainda a los gursús.

Ande iremos i mozotros a morir? Ainda no eskriví mi epitafio. Kale pensar en algo ande se diga ke fui una grande de la kostura? ke mis sávanas kozidas ya fueron orguyozas de presentar el sinemá de una a otra banda por toda la Bulgaria? Kale no avlar en demaziya. Ama esto avlando agora para dezirvosh la vedrá:

So aedada i tengo miedo de morir. Kiziera fuyirme fin a los kavos del mundo para ke no me tope en mi letcho la moerte preta. Kero fuyirme ande no me echen gotikas de azeite irvido o de agua suzia.

No kero pensar ni gritar "saken a esta mujer de esa oskuritina". Siempre me plazió morar en kazales kon vistas a una plazika kon luz.

La moerte te yeva a kazales sin ventanas. Guadre la ora muestro Senyor. Menteroza no so. Espanto tengo i muncho. Solos, solitikos komo perros vamos todos a kedar en el payis de los grandes silensios. Ainda no kero morir, ainda kero estar en este mundo.

Distancia de foco

Un tal señor Avayú maneja una aseguradora desde los años sesenta. No sé cómo ni por qué le vendió a mi padre un seguro de vida. Muchísimos años después le comentó a un conocido de la familia el espléndido negocio que puede llegar a tener ese giro: "En todos los añales que me he dedicado a esto sólo he tenido que pagar por dos muertes prematuras y costosas".

Uno de esos casos fue el de mi padre. ¿Así que la casa donde vivo fue comprada con el dinero de una compañía de seguros?

La cantidad se la pagaron a una viuda de cuarenta y cuatro años. Ella no sabía qué hacer con el dinero, tampoco con su madre, con sus hijos, con su vida cotidiana, con su ropa de luto ni con la percepción de un país tan desgarrado bajo sus pies que ya comenzaba a sembrarse con sus muertos.

Del diario de viaje

En septiembre, Sofía tiene días luminosos. Llueve de vez en cuando, el aire se lava y se replican momentos de una luz vidriosa con cielos altos y pocas nubes. Así amaneció el día en que fui a conocer la casa de infancia de mi madre. De tan sólo pensarlo la adrenalina comenzaba a trabajar. Uno se hace ideas de las cosas. Yo sabía que sólo quedaba en pie el terreno, pues la casa, durante años, fue un jardín de niños y al parecer, cuando se vendió, la demolieron. La dirección Iskar 33 la he llevado cincelada en la memoria durante años. Si alguien me hubiera despertado a la mitad del sueño para que yo repitiera esa dirección, lo habría hecho sin titubear. Pero algo se cambió de posición y el día que fui a conocerla con el estómago hecho nudos, confundí el número y fui a dar a Iskar 46 sin darme cuenta de que no se correspondía con la casa de mi madre. Tomé fotos de la cuadra, de la esquina, de las casas contiguas, de los árboles. Me retrataron también a mí; incluso en una de las fotografías, desprevenida, aparezco con los pañuelos de papel despedazados y la cara enrojecida de llanto. Me sentía, no lo voy a negar, como esos peregrinos que esperaron años para alcanzar su lugar de adoración.

Al día siguiente hablé a México con mi hermano; era imposible no contarle lo que había visto. Estuve, le dije, en Iskar 46. No sabes la calle, qué árboles frondosos, las casas alrededor son de piedra, antiguas, hay muchos juegos de luz y sombra que proyectan los tilos... pero él no me dejó acabar la oración.

—Te equivocaste de número. No es Iskar 46, sino 33.

Como quien echa atrás la cinta de una grabadora para imprimirle otra capa sobre la grabación errónea, así regresé a buscar la cuadra, el número, los árboles, la casa. Y volví a tomarme fotos y volví a llorar, pero ahora sí frente al número correcto. De pronto espabilé y me di cuenta de la escena. *El meoyo del ombre es una tela de sevoya.* Como en las películas tragicómicas, la carcajada no tardó en convertirse nuevamente en llanto.

Con los ojos hinchados me acerqué por fin a Iskar 33. La casa transformada en restorán. "La casa" es un decir. Lo que existe es un terreno amplio con un pasillo estrecho a la entrada. Eso te conduce a una terraza rectangular. Al fondo, un toldo rojo con el nombre de la cerveza Amstel. Algunos comensales me miraban con el rabillo del ojo mientras yo tomaba fotos de cada rincón. Un mesero me corrobora que esa casa fue durante años un jardín de niños.

—La demolieron para hacer este lugar —dice, reafirmando lo que ya sabía.

Al fondo se asoma una construcción de piedra que seguramente se conservó de esa época, la misma que la casa de mi madre, su casa de infancia, el lugar donde mi abuela crió a sus tres hijos. Aquí la mujer victoriana (cada quien lleva el nombre que merece) le quemaba los libros a mi madre si la pillaba leyendo a deshoras o si consideraba que leía más de la cuenta. Aunque la cinta de la grabadora haya regresado al inicio, seguirá vacío el registro de este lugar porque nunca sabré la historia detallada de la casa. Ellos la perdieron en los años cuarenta, en los mismos tiempos en que el nuevo régimen los salvó del exterminio.

Comencé a contarle pedacitos de esta historia al mesero. Creo que le di más explicaciones de las necesarias, pues por una razón absurda me importaba en ese momento que entendiera por qué estaba allí, fingiendo no temblar, con la garganta cerrada y con una cámara en la mano. Mientras me sonaba la nariz con un papel adelgazado, el joven me preguntó (nunca sabré si con educación o con una buena dosis de burla):

—*Tell me, Ma'am... did you come all the way from Mexico just to see this building?*

Apuntó con su dedo al toldo y al letrero que dice "Pizzería". Fue entonces cuando, arrugando el entrecejo, noté que verdaderamente me miró como se mira a una trasnochada.

Distancia de foco

Mis tres primos hermanos son hijos únicos. La mayor, que siempre ha escondido su edad, me lleva cerca de veinte años. Vive lejos y siempre la extraño. La espero con exaltación, llevo la cuenta de los días. Ahora que mi prima trabaja para las Naciones Unidas en Nueva York, nos visita una vez al año. Como la asustan los aviones, vamos a recibirla a la estación de autobuses foráneos. Siempre baja con los pelos parados, pero yo la veo como a una diosa a la que se puede oler y abrazar.

Por la noche me cuenta intimidades, increíbles historias de amor que algún día yo viviré. Y le repito el nombre de todos sus novios; así, cuando me va a acostar y me besa y apaga la luz, permanezco despierta sin decir nada, la escucho reír allá afuera mientras repito y repito en mis adentros el nombre de los novios que ha tenido: "Moishe", "Yosi", "Aaron", "Dubi". Sentir que comparto algo suyo, idealizado, inalcanzable, me eleva sobre mí misma. Mis papás la adoran al igual que nuestra abuela Victoria. Es curioso. A ella le cocina y le tolera el desorden; es más: le sonríe. Las pocas veces que he visto reír a mi abuela es con ella, con mi prima mayor, la única de esa generación que nació en Bulgaria.

Salvo ese periodo en Nueva York, mi prima Triki, como solemos llamarla, trabaja en Israel y ya pasa de los treinta y cinco cuando decide casarse con un hombre al que nunca quiso. Un buen día, en una larga carta de motivos, le informa a mi madre que van a emigrar a México. Sus padres, mi tío Dov y su mujer, la tía Lenche, búlgaros también, eran muy mayores, casi ancianos. Ésa fue la primera reacción aquí en México. "¿Cómo los vas a dejar solos allá? ¿Estás loca? A estas alturas se van a morir de tristeza." Pero a los dos o tres meses ya había llegado con hijos y esposo. Sus padres cada vez más viejos y más enfermos no tuvieron en sus últimos años quien les acercara una rosca de anís o un vaso de té.

En México, la familia la ayudó a establecerse. Los lazos crecieron en todas direcciones. A mí me encantaba oírla hablar sobre mi padre. Conocía historias que seducían mi oído y me hacían añorarlo con más dulzura. Me daba ilusión que me tratara de igual a igual y no como a la pobre huérfana de su anhelado tío. Su gran amor, según confesaba, era mi mamá, con quien tuvo actitudes extrañas. Cuando mi madre enfermó, las visitas de Triki se hicieron más fugaces. Le daba rabia verla tan frágil, convertida en otra persona. Y la entiendo. Cada vez más escurridiza, le hacía fiestas excesivas y al instante veía la forma de escabullirse. No la culpo. La agonía no es fácil de acompañar. Lo inolvidable fue cómo vivificó aquel dicho de "morder la mano que te alimenta".

Yo tenía veintiún años y mi hermano veinticuatro. Nunca imaginamos el desenlace con esa mujer que llevaba las uñas crecidas y curvas como loro. A veces encarnamos con el cuerpo algo que llevamos dentro. Con los años nos vamos pareciendo a lo que somos.

Pasó el tiempo y su relación familiar fue cada vez más conflictiva. Se convirtió en una mujer hábil, roñosa, de carácter explosivo.

Trabajó con buena estrella y se hizo de un capital. Al cabo del tiempo tuvo una casa grande en una zona residencial de la Ciudad de México y otra fincada en un terreno de mil metros, para sus fines de semana, en Cuernavaca. Ahí llegaba a sacudirse los inviernos fríos de su infancia. Y sus labios repetían en español perfecto: "Ciudad de la eterna primavera". Por esa época, mediados de los años noventa, el gobierno búlgaro divulgó un decreto de ley que permitía a quienes demostraran ser familiares de viejos propietarios, recuperar las casas después de un engorroso y demoradísimo trámite.

Contratamos a un abogado de Bulgaria o, más precisamente, mi prima Triki, en un afán de "sacar las cosas adelante", puesto que era la única que hablaba y leía búlgaro sin dificultad, se hizo cargo de un sinfín de trámites que nos llevaron en repetidas ocasiones a la Embajada de Bulgaria en la Ciudad de México. La conocían por su nombre, desde el jardinero hasta el embajador.

La intriga terminó como de muchas formas se había anunciado, aunque nadie lo quiso ver con claridad. La casa de Sofía tardó unos cuatro años en liberarse. Ella nos pidió firmar varios documentos redactados en caracteres cirílicos que le facilitaron el camino para ser la apoderada. No resistió la tentación. Provocó un pleito con la familia y de allí se impulsó para subir más alto. Todo el dinero de la venta de Iskar 33 salió hacia México por medio de distintos contactos búlgaros que le hicieron el favor de hacérselo llegar porque, en ese momento, en Bulgaria no estaba permitido hacer depósitos internacionales por esa suma. Había un terreno más. Era de la abuela y su destino fue el mismo. Nunca repartió el dinero con nadie, nunca nos dio la cara. Sacrificó todos sus vínculos familiares por una casa mal vendida. El abogado poco podía hacer con el documento que la protegía como apoderada.

Siktir, hubiese dicho mi padre en turco para expresar algo así como "¡al diablo!" pero en palabras más soeces.

Claro que si nos hubiera robado tan sólo algunos años más tarde, el botín hubiese sido más apetecible, pues la cantidad de la venta, cincuenta mil dólares, no corresponde al centro de una capital europea. Ahora que el país forma parte de la Unión Europea, mi querida prima se hubiese frotado las manos con más vigor. No la demandamos legalmente, en parte por razones de orden técnico, pues es un caso de derecho internacional y llevar el juicio hubiese sido largo, costoso, de mucho desgaste y sin ninguna garantía de ganarlo. La otra razón, la más importante para mí, es la revelación de un molino de viento.

Molino de viento

Subo las escaleras de mi casa porque escucho a alguien llorar en el piso de arriba. Un llanto en sordina, contenido. En el pasillo noto un enorme cajón. Apenas cabe en el espacio. Me asomo y veo allí a mi madre que no puede dormirse. Le pregunto si quiere agua.

—No —me dice en voz baja— tengo mi propio sistema de irrigación, gracias, hija. Estamos aquí, reunidos, con las manos mordidas, en vísperas de una curación.

—¿Qué les pasó? ¿Dónde está mi papá? ¿Está bien?

—Estamos mordidos, hija. Y vengo a decirte que no dejes que estas dentelladas también entren en ti.

—A mí no me ha mordido nadie, por favor ya no llores, mamá —traía un pañuelo blanco en las manos. Esas inconfundibles manos de pianista que ninguno de nosotros heredó—. Préstame el pañuelo —le digo. Y al quererlo tomar, lo veo llenarse de color malva, como una especie de *merthiolate,* comparable a una esponja que ha absorbido sangre fresca.

—No hagas nada. Tranquila. Estoy bien, todo va a estar en orden.

Lo dijo y volvió a repetirlo con un gesto tremendamente hermoso. Yo no podía ayudarla a levantarse. ¡Me hubiera gustado tanto abrazarla!

—Los que están conmigo, todos aquí, ayudan a lavar la mordida. En este momento nos duele, pero vamos a sanar. Escúchame, tú no hagas nada, hija. Todo se está haciendo en nuestro lugar y en nuestra hora.

Del diario de viaje

Cuando estaba frente al anuncio de la cerveza Amstel en la casa de mi madre, sentí una rabia incontenible de pensar que esa casa se había vendido para convertirse en una inhóspita pizzería. Respecto del robo, *siktir.* Yo también repito la misma palabra que imagino en boca de mi padre. Ella, la favorita de mi abuela Victoria, nos vendió por un plato de lentejas. A veces pienso que ningún juicio internacional será comparable a lo que, de vez en cuando, ella escuche en sus propios molinos de viento.

Voy a Robert Louis Stevenson porque recuerdo lo que escribió para *El Dorado:*

> Sólo hay un deseo realizable en la Tierra, sólo una cosa que se puede lograr a la perfección: la muerte. Y debido a una serie de circunstancias no tenemos a nadie que nos diga si merece la pena lograrla.

Cuando llegue su hora, mi prima mayor quizá logre ver la marca de sus dientes en las manos de sus muertos.

Distancia de foco

La casa donde mi prima Triki vivió durante años con su familia no fue la casa que ella ocupó después de separarse de su esposo, el doctor Eskelazi, un hombre amargo que nunca quiso darle el divorcio. Como ella no lo soportaba, lo dejó en la casa y se salió. El tipo enloquecía de rabia. Fue perdiendo lucidez, lo mordió el perro que él mismo cuidaba y a quien asistía mejor que a sus propios hijos. Por las noches comenzó a orinarse. Fue necesario contratar dos turnos de enfermeras. Cada vez se parecía más a su propio perro: agredía a sus allegados. También se regodeaba en molestar verbalmente a sus dos hermosos hijos. A nosotros nos trataba con cierta educación y, si veía la oportunidad, despotricaba en contra de su mujer, siempre con saña.

El doctor era búlgaro como ella, aunque se conocieron en Israel. Cuando él llegó a México, se daba a entender con su ladino. Había estudiado en Rumania y poco después, allí mismo, se había contactado con la reconocida doctora Ana Aslan que, al decir de la gente, había encontrado una especie de alquimia de la eterna juventud. El doctor Eskelazi, con especialidad en geriatría, aplicaba las inyecciones de la doctora que, según él mismo pensaba, dotaba de un impulso sexual de primer orden a los pacientes, sea cual fuere su edad. Era el doctor de cabecera de Los Pinos en tiempos del presidente José López Portillo. (Allí atendió a la madre del mandatario.) El geriatra les prometía, especialmente a los políticos —entre los que se hizo un importante nicho de pacientes— devolverles sus mejores años de potencia sexual. Algunos, incluso, lo quisieron convencer de abrir una clínica, una sucursal de la doctora Aslan en Cuernavaca, pero nunca se animó. Detestaba los riesgos. Profesaba una educación tan anticuada que les prohibía a sus hijos comer helados porque causaban resfríos; era obsesivo con la costumbre de abrigarse aun en el calor y su divisa era "nunca andar descalzo". A veces me burlaba pensando que si ese doctor hablara un español contemporáneo, el mundo en México se le hubiera complicado, pues mucha gente atribuía a ese extranjero, de misterioso acento, una sapiencia que seguramente nunca tuvo. Ese matiz balcánico, esas dudas a veces seductoras al hablar, le daban un aire misterioso frente a sus pacientes. Difícilmente lo revelaban como el ignorante pero apuesto hombre que fue. Iba y venía a Rumania por su dote de inyecciones y de eso vivió durante años. La medicina de la doctora Aslan llegó a tener en México sus años dorados. Ella fue condecorada y premiada una y otra vez, aunque su propósito nunca fuera causar desenfreno sexual en los octogenarios.

En la red está disponible esta información:

En 1949, Ana Aslan inició los trabajos científicos en el campo de la geriatría y rejuvenecimiento por encargo del gobierno rumano, con el fin de recuperar para la vida activa a las personas salidas del campo de concentración o con secuelas físicas de la posguerra. Tres años antes, en 1946, había descubierto las múltiples acciones de una sustancia conocida y usada en terapéutica: la procaína (la había probado con un estudiante con artritis reumática con muy buenos resultados, éste fue el comienzo de su fuerte interés en lo que llegaría a ser el medicamento Gerovital H3).

Exactamente eso es lo que doctor Eskelazi aplicaba en México: la sustancia que le permitió vivir con holgura. Se ocupó de divulgar una información que le daba un toque de aristocracia al producto inventado por la directora del Instituto de Geriatría de Bucarest, ya de fama internacional. A todos sus pacientes les decía que De Gaulle, Ho Chi Minh, Tito, Sukarno, Indira Gandhi, Marlene Dietrich, Zsa Zsa Gabor, Omar Sharif, se habían sometido al tratamiento con resultados espectaculares. De modo que los políticos mexicanos no podían quedarse atrás.

Su temporada de mayor éxito profesional vino a decaer en el sexenio del presidente Miguel de la Madrid, en la década de los ochenta. También comenzó entonces su debacle matrimonial, que acabó de venirse a pique unos años más adelante. Finalmente llegaron a un arreglo. La casa se vendió y el dinero, pese a ambos, tuvo que repartirse. Con la suma que le correspondía al doctor, se mudó a Cuernavaca a una residencia para ancianos de la comunidad judía mexicana. Les ofreció todo ese monto a cambio de tenerlo ahí el resto de sus días que, seguramente, veía aún lejanos, aunque no lo fueron. El dinero por la venta de su casa se convirtió en un donativo para contribuir con una institución que muy poco alcanzó a servirlo.

Al final, quizá por presión y generosidad de sus hijos, lo enterraron conforme a la tradición. Supimos que su mujer no quería pagarle una tumba. Quizá prefería ahorrarse el gasto de un entierro y que lo echaran en la fosa común.

Molino de viento

—*Kita esta oskuritina. Avre la luz. Adientro del mi sako po-
desh tomar kualo ke keresh.*

Me dirigí a la silla y noté que el saco colgado en el respal-
do tenía dos bolsas laterales y una bolsa interior.

Primero metí la mano en la bolsa derecha. Saqué un filete
de carne cruda.

Luego la metí en la bolsa interna. Había un pollo recién
nacido, sin plumas, mojado. Con las manos ocupadas me
asomé por una ventana haciendo sombra con mi cuerpo
para mirar a través. Distinguí una sala con pocos muebles,
algunos libros esparcidos por el piso y una voz que no lo-
graba identificar de dónde salía, si de éste o del otro lado
del vidrio.

Recordé un ejercicio que oí proponer a un escritor ex-
céntrico:

Les recomiendo que coloquen un bistec en la bolsa del saco y
apretándolo recorran con la mirada toda su casa. Sin quitar la
mano de la carne cruda, miren todo: las cosas grandes y pequeñas, mueble por mueble, cajón por cajón. Arrojen a la basura
todo lo que no sea esencial para vivir. Deben decir "esto sí, esto
no, esto no, esto no, esto sí". Siempre con la carne en contacto
con la mano.

Percibí una voz judeo-española. *Es alguien de los muestros*, dijo. El pollo piaba cada vez más fuerte.

De pronto sentí un enorme júbilo al descubrir que mi casa se había vaciado.

Mi casa es solamente una mesa, una planta llena de hojas y un libro cerrado. Lo abro al azar y esto es lo que leo:

Vine a mi huerta, mi hermana novia; cogí mi mirrha con mi especia, comí mi panal con mi miel, beví mi vino con mi leche; comed compañeros, beved y emborrachardvos queridos. Yo adormida, y mi coraçon despierto; boz de mi querido batién: abre a mí, mi hermana, mi compañera, mi paloma, mi perfecta, que mi cabeça es llena de rocío, mis guedejas de gotas de noche.

Cerré el libro y me quedé absorta con el pollo enloquecido, sin saber qué hacer con él.

Pisapapeles

Algunos campesinos de México le llaman "recordar" al despertar, como si el sueño fuera el olvido.

La experiencia de ese estado es sorprendente, vívida, fabulosa, desconcertante, temible.

Hacemos el intento de jalar esas visiones hacia nosotros, hacia este lado: al plano de la vigilia. Al momento de relatar o relatarnos lo soñado lo convertimos en otra materia, rompemos su naturaleza, lo transportamos a este mundo y alteramos su composición.

Poco se habla del camino inverso, no del que trae el sueño a la vigilia, sino del otro, del camino de ida, del que nos lleva hacia esa otra estancia paralela. ¿Cómo describir el proceso de esos vientos entrecruzados que nos acompañan cada noche en el tránsito hacia el otro lado, ese paso estrecho y cotidiano que nos hace entrar en la zona del sueño?

Marcel Proust describe cómo esas largas noches en que no logramos dormir, los pensamientos se vuelven giratorios, tienden a regresar hasta que uno, no del todo lógico ni coherente, se aparece para mostrarnos esa puerta de entrada que finalmente nos conducirá hacia el territorio donde otros ritmos nos gobiernan.

De modo que el desenfoque de nuestro pensamiento, ahí donde se comienza a volver incoherente, constituye el primer paso para atravesar el puente hacia la otra realidad en que estamos sumergidos un tercio de nuestras vidas.

—*De ke no durmes, ijika.*

—No tengo sueño.

—*De ke no kontas ovejikas.*

—Ya conté del uno al cien.

—*De ke no te kedas en pies.*

—Porque estoy cansada, ya te dije.

Pasan unas luciérnagas dejando un rayón naranja en mis ojos.

—*E si estas kansa, de ke no durmes?*

—Abuela, no me interrogues. Cuando me pueda dormir me duermo y ya.

—*De ke estas arraviada?*

—No estoy enojada, pero duérmete tú, a ver...

—*Ama yo no tengo de ser una buena eleva de la eskola.*

—Pero tendrías que ser una abuela buena y no lo eres.

—*I tu negra inieta me salites.*

—No soy mala, no digas tonterías.

—*Negra mui negra kreatura ke avlas ansina.*

—Tú me molestas todo el tiempo.

—*No digas bavajadas, yo esto echada, esperando ke durmas.*

—¿Eres un gendarme o qué?

—*Kon esta boka vas a matar a tu madre.*

—¿A mi madre? Ahora sí le voy a decir lo que dijiste, pero luego finges que no es verdad. Eres mala, muy mala.

Unas flatulencias tan sonoras como salidas de un corno inglés sellan el espesor del cuarto.

De pronto las luciérnagas comienzan a enfilarse en la oscuridad, llevándome al principio de un hormigueo en el que

cierta aura azulosa pareciera pintar lo que nuestra mente traza sin preguntarnos.

Al fin alcanzo una puerta giratoria que me lleva al otro
lado.

Allí veo a mi padre muerto, abriendo el ojo izquierdo.
Me pide ir con él. Dice que lo lamenta. Lo ayudo a incorpo-
rarse. Me siento en sus rodillas, las siento rugosas. Me lleva
hacia su pecho, en el que puedo oír su corazón latir a toda
fuerza. ¿Yo te maté, papá? Abre el ojo derecho y me dice
que allá abajo, al otro lado de la puerta giratoria, se piensan
cosas muy equivocadas acerca de los mundos de los vivos y
los muertos.

—¿Quieres saber cuál es el secreto?

—Sí, sí, dime cuál es.

—Lo sabrás en su momento, princesa. Déjame morir, lo
necesito. Por ahora, es la única forma en que podemos estar
juntos.

Molino de viento

En ese estadio del mundo, en un lugar oscuro, de acceso casi imposible, donde aún humean volcanes submarinos y los primeros seres celulares se multiplicaron, allí, en esas honduras cavernosas en que el oxígeno es casi nulo, donde se expulsan metales pesados de alta toxicidad, cerca de las fumarolas, nadan todavía seres muy antiguos, aunque no tanto como los nautilos, de proporción áurea, con quinientos millones de años de subsistencia. ¿Quinientos millones de años? Recuerdo el dato: el hombre ha vivido en la Tierra escasos doscientos mil. Tomo el molusco con las manos. Me parece un ser perfecto. Pretendo llevármelo conmigo. Me salen al paso las famosas plantas creadoras de la primera fotosíntesis masiva que dio lugar al oxígeno. "Por ellas estamos aquí", me dice una voz interna. Tal vez sea la propia voz enredada en mi infancia la que habla.

No comprendo estas digresiones biológicas sobre el origen de la vida terrestre.

—¿Quieres bajar al fondo? —pregunta el señor Murillo, el amigo de mi padre, un nadador de aguas abiertas. No me explico cómo voy a conseguir ser parte de esa misión, ni qué sentido tiene que una mente como la mía, de clasificación incierta, descienda a tomar una muestra de vida marina a dos mil metros de profundidad, donde no hay luz e incontables seres vivos, de diseños extraordinarios, habitan—. Vamos al fondo —me anima.

—No puedo —le contesto con firmeza.

—Es importante que aceptes —me revira, cubriendo mis ojos con su mano izquierda.

—¿Por qué? —insisto—. Me aterraría esa oscuridad.

—Cuando vuelvas a encontrar a tu gente será a través de un río que desemboca en esa misma zona. La vida de la tierra tiene su raíz allí: en el mar, ven a constatarlo.

Una vez más comprendo que las tareas más importantes están atadas a otro lenguaje.

Nadamos con soltura. La sal lava mis ojos. Flotamos con un placer indescriptible. Él me hace ver que estamos próximos a una loma. Y me confía:

—Mírala, ésa es la montaña donde se abandona a los viejos.

¿Viejos? Ellos no eran viejos.

¿Cómo puedo sobrevivir a la muerte de quien amo? (Respuesta: escribiendo la contracción del tiempo, el antes y el después...)

Comprendo esas palabras.

—Volveré, ya verás —le digo, convencida. Aún no estoy lista para reunirme con ese estadio del tiempo.

Al día siguiente dibujo el nautilo en mi cuaderno de notas. Lo encuentro tan exacto como el que recogí del mar en la espesura de un sueño primitivo.

Distancia de foco

La abuela Victoria no logra dormirse si no inhala una sustancia que llena de extraños vapores mi cuarto. No tengo idea de qué se trata y tampoco estoy segura si me agrada o me repele ese olor. La veo aparecerse en el espejo. Tengo la impresión que nunca duerme: vigila. El olor —me parece— la vuelve un poco más dócil, sus vibraciones parecen serenarse. Yo, en cambio, doy vueltas en la cama. Veo un ejército de luces rojas abriéndose en espirales; entran a mi cabeza y al liberarse cambian de velocidad y de matices. No quiero dormir. Ella me ofrece oler un trapo húmedo. Lo hace con una cautela extrema. Cierra la puerta del cuarto como si no quisiese ser descubierta.

Gira la tapa de una botella de vidrio color ámbar, moja un paño y me lo acerca a la nariz. No me gusta, le aparto el brazo con decisión.

—*Tómalo, pasharika, veras ke ansina vas a dormir komo durmen las piedras.*

Forcejeamos un rato. Mi abuela es más fuerte que yo y se impone sobre mis brazos enclenques. Cuando vuelvo en mí, el médico y mi madre parecen flotar en la orilla de la cama. No tengo idea si ha pasado un día completo o un siglo. Sé, por lo que me contaron años más tarde, que no lograban despertarme, que mis signos vitales no respondían como siempre.

Crecen como flores desconocidas los sopores, tan diferentes entre sí —sopor del estramonio, del cáñamo índico, de los múltiples extractos del éter, sopor de la belladona, del opio, de la valeriana, flores que permanecen cerradas hasta el día en que el desconocido predestinado venga a tocarlas, a hacerlas abrirse y exhalar durante largas horas el aroma de sus sueños particulares, en un ser maravillado y sorprendido.

Distancia de foco

Se cae el termómetro de mi mesa de noche y entre sus añicos descubro que una pelotita metálica se separa de los vidrios desperdigados. Me acerco a explorarla. Parece una perla de plata. Al ponerle un dedo encima, se parte en dos. Late mi corazón con fuerza; vuelvo a tocar, ahora las bolitas se han multiplicado. En el cuarto de mis padres hurgo en los cajones hasta encontrar otro termómetro de vidrio. Lo llevo a mi terreno de juego para apoyarlo en mi mesa de noche y lo empujo, fingiendo ante mí misma que no fue del todo adrede. Misma operación. Las bolas de plata se separan al caer. Si uno las acerca, vuelven a fundirse. Entregada a mi investigación, olvido por completo mi fiebre. Se supone que debo estar en reposo y, sobre todo, cumplir aquello que a diario mi abuela me machaca: ser considerada, controlar mis impulsos animales.

—*Sos azna* —dice, tallando los dientes.

Ayer escuché a mi madre hablar por el teléfono: "Es indomable. Se puso a jugar con mi botella de perfume, sí, la que me regaló León de cumpleaños; se lo vació en la cara y acabamos en el hospital: ella con los ojos color ciruela y yo con un susto del que apenas me repongo. Imagínate, seguía castigada por rayar los muros de mi cuarto con crayolas de cera. Escribió su nombre y pintó de paso un corazón azul. Decía 'L y M'. Es un dolor de cabeza esta dulce y *atavanada* criatura mía". Sus palabras me rebotan tarde, pues ya había roto los dos termómetros cuando mi abuela irrumpe en el cuarto.

—*Ama ke estas faziendo fuera de la kama? Estas hazina o estas djugando?*

—Es que se me cayó sin querer el termómetro, abuela...

—*No deves ni tokar esto, hanum. Te vas a kortar los dedos.*

—No me voy a cortar, ahorita lo recojo.

—*Agora deves echarte, ni djugar ni arrekojer.*

—Déjame agarrar mi bolita mágica.

—*Guay guay!!! Esto es veneno. Es el merkurio ke se topa adientro del termométer. Si lo pruevas pishin te moeres.*

—A ver, déjame ver si es cierto...

—*Vas a kitar loko i al mundo. Échate i durme.*

—No quiero dormir, quiero ir al baño.

—*Para esto te truje el chukaliko. Aki deves pishar, no en el banyo, no deves tomar friyos.*

Me bajo el pantalón de la pijama, me siento en el *chukaliko* y comienzo a desplazarme de un lado al otro de mi habitación, haciendo unos pasos de rana que me dan velocidad. Mi abuela me ve de reojo y esta vez, no puede evitarlo, me sonríe:

—*Basta ijika, basta ya. Pronto arrivarás fin a Bulgaria.*

Es la primera vez que se ríe conmigo, pero no lo hace francamente, se tapa la boca para disimular la risa.

Aprovecho su distracción para recoger una bolita. Cuando apague la luz la pondré bajo mi lengua; si me muero será culpa suya.

Con los años iré a envolverme en la acidez de otro pensamiento. Lo anotaré pensando en ella:

No son los males violentos los que nos marcan, sino los males sordos, los insistentes, los tolerables, aquellos que forman parte de nuestra rutina y nos minan meticulosamente como nos mina el tiempo.

Pisapapeles

A pesar de que los hablantes de la lengua judeo-española se han reducido dramáticamente en los últimos cincuenta años, llama la atención que exista en la actualidad, de forma viva y constante, una cadena de internautas que se comunica a través de *Ladinokomunita:* un espacio que sólo admite participantes capaces de expresarse en judeo-español. El foro cuenta con cerca de mil inscritos. Este espacio, como muchos similares, se organiza por medio de un moderador que recibe las cartas, revisa que no se cuelen insultos o incorrecciones éticas y las distribuye, esparcidos por el mundo, a todos sus miembros. La responsable de esta labor es su fundadora en el año 2000, Rachel Amado Bortnick.

Hay días de pésame porque alguno de los miembros ha muerto y días de júbilo porque alguien ha sanado. Llama la atención la forma en que se logran los acuerdos. Desde la firma de algún documento colectivo hasta la organización de un encuentro al que viajan los miembros de países y continentes distintos con el fin de reunirse y, para muchos, conocerse por primera vez. Esto ha sucedido ya en Turquía e Israel (donde las comunidades sefardíes son las más numerosas de la actualidad, tal como en otros tiempos la de Salónica en Grecia) y próximamente irán a España, que contiene los fotogramas más lejanos en el tiempo.

La forma en que alguien se despide hoy, usando una lengua con giros del siglo XV en el siglo XXI, a través de un foro en judeo-español no deja de guardar una involuntaria paradoja. *Ke seygash todos guadrados de ora mala*, expresa con dulzura un participante serbio. Las palabras con que alguien expresa una angustia: *Tengo apretamyento de korason.* También hay momentos donde todos discuten y pareciera que van a matarse, pero en realidad sólo se ponen de acuerdo acerca de si la *musaká*, ese cocido de berenjena y carne molida, es un platillo griego, turco o búlgaro.

Cada uno de los correos que reciben los miembros de la comunidad está rubricado con estas recomendaciones en una lengua amenazada de muerte, pero que sirve a una moderna tecnología:

VOS ROGAMOS DE AZER ATANSION A LO SIGIENTE:

1. ¯NO TOKESH "REPLY" *(boton de* REPUESTA*) kuando respondesh. (Kere dizir, no mos mandesh el teksto al kual estash respondiendo.)*

2. MESAJES AKSEPTADOS EN LK SON EN DJUDEO-ESPANYOL/LADINO SOLO

3. METE VUESTRO NOMBRE I LUGAR ANDE MORASH DEBASHO DE VUESTROS MESAJES.

4. ESKRIVÍ KON LA ORTOGRAFIA FONETIKA DEL DJUDEO-ESPANYOL, *asegun el sistema de "Aki Yerushalayim."* NOTA KE:
—NO UZAMOS = Q, W, C *(aparte de en nombres propios). (X solo para biervos komo exodus, exilo, etc.)*
—*Para el sonido de la C ke se sona komo (s), uzamos la S, si se sona komo (k), uzamos la K.*
—*"Y" es konsonante solo (yerno, yorar, etc.); no se uza sola. Uzamos "i" para el konjunktivo ("y" en Kasteyano, "and" en Inglez), no "Y".*
[...]
Egzempios de biervos: alhad (Sunday), djugeves (Thursday), kaza (house), kuando (when), tu i yo (you and me), meldar (to read), eskrivir (to write).

Una de las participantes, la señora Betty Saul, habitante de París de origen turco, envió en una ocasión uña carta llena de humor:

En inglez se dize "how are you".

Aki en Fransia es "comment ça va", o en mas kurto: "ça va"?

I el otro responde siempre, mezmo si tiene un pie en la tomba: "ça va".

Teniyamos un umorista ke se murio ay poko tiempo. Se yamava Raymond Devos i teniya una maestriya de la lingua franseza de un nivel mui alto, komo todos los ke deven de fazer akrobasia kon los biervos.

Kontava kon munchas palavras i meneava muncho los brasos i las manos i diziya:

"Kuando enkontrash uno en la kaye i ke vos demanda 'comment ça va', devesh absolutamente responder 'ça va', porke si respondesh: 'non, ça ne va pas', es una belá (problema) mui grande, preta i mui negra."

Vo aklarar la situasyon por vozotros:

—Alora, ça va ?

—Non, ça ne va pas.

—Ah, I de ke no estas bueno?

—Me kayí de las eskaleras.

—I en kuala eskaleras te kaítes?

—En las eskaleras de mi kaza.

—Ah, i en ke kaza… la de Paris o de Nice?

—La de Paris.

—Ah, no estavas en Nice?

—No, estava en Paris.

—I de ke estavas en Paris?

—Teniya de eskapar un echo.

—I ke echo teniyas de urjente en Paris?

—Deviya de arreglar un problema.

—Ah, i ke problema teniyas?

I ansina Raymond Devos mos arodeava una ora entiera, el uno esta sufriyando de dulor i el numero dos no esta ni sintiendo las repuestas. Primero porke esto todo no le interesa.

Dunke, amigos, kuando enkontrash uno en la kaye es mijor de dizir ke todo esta bien... "ça va" sino, no eskapash por dos oras i el otro ni siente lo ke dizitesh i se lo va olvidar todo lo ke kontatesh en dos puntos. I vuestras angustias vos kedarán en la tripa.

Pisapapeles

En el humor judío hay siempre una exageración que se agranda a partir de un hecho simple de la vida cotidiana.

Un rabino iba en el tren hablando con un amigo suyo. Le contaba que en la *yeshivá*, es decir, en la escuela rabínica, había conversado esa misma mañana con un joven discípulo que le preguntó la hora.

—¿Y esto que tiene de particular? —le dijo su amigo alzando las cejas y juntando las manos.

—Nada, sólo que respondí que no era posible darle la hora.

—¿Por qué no se la diste? Tú siempre tienes la hora.

—Porque si le doy la hora me va a preguntar mi nombre, después va a querer saber dónde vivo, después va a averiguar si tengo familia. Seguramente me va a decir que no tiene a sus padres en este pueblo y que si lo puedo invitar a la cena de *shabath*. No tiene con quién pasarla. ¿Me voy a negar? Sería pecado decir que no. Va a venir a mi casa, va a mirar a mi hija (que es un tesoro) y no va a tardar en pedirme su mano. La verdad es que yo no quiero dar la mano de mi hija a un joven que ni siquiera tiene para *merkarse una ora komo un benadám*.

La cuarta pared

Mi *preziada*:

Cuando viví en Bulgaria, el cine itinerante llenaba mi existencia. De jóvenes, durante toda la *mansevés*, no sabemos reconocer a dónde se inclina el peso de nuestra balanza.

La juventud parece eterna a nuestros ojos, pues la conciencia del territorio temporal no tiene entonces cabida en nuestro espíritu. Es haberlo perdido un elemento indispensable para que se encarne en nuestra memoria y nos obligue a anhelarlo el resto de nuestras vidas.

Me casé en Israel, como sabes. Lo que nunca te dije es que elegí mal. Una mujer furiosa por no alcanzar sus ambiciones de riqueza fue minando mi salud mental. Primero tuve los nervios destrozados de día; luego, de noche. Vivía de un salario magro en mi trabajo del cine Dizengov en Tel Aviv. Claro, de proyectista. En una ocasión, después de haber pasado la noche en vela, me quedé dormido y ni los gritos furiosos de los espectadores lograron despertarme. El dueño sentía lástima por mí. No me echó. A partir de entonces me desplazó a encargado de la taquilla, una tarea mecánica y aburrida que ya no me permitió seguir las proyecciones una y otra y otra vez, como en mi juventud. ¿Te imaginas cuántas veces pude ver una misma película? Tres corridas por día. Una semana, dos, a veces un mes entero. Hay escenas que puedo repetir y repetir, pues el inglés que aprendí de niño en Turquía sigue burbujeante en mi cabeza. Ahora sólo corto boletos, doy el cambio, hago las cuentas. Mi vida perdió la mitad de su sentido. Te preguntarás por la otra mitad.

Me separé en febrero. Vivo en una habitación amueblada. Mi ojo derecho ya no sirve (el izquierdo está impecable). Aunque la ley judía lo prohíbe, he decidido donar mis órganos. Que sirvan a alguien después de mí, eso me llena de alegría.

Esta mañana he ido a la Facultad de Medicina y he firmado los papeles para donar mis restos. Una cáscara para los estudiantes y sus prácticas de morgue. Las manos de esos jóvenes tocarán esta materia fría y sus desperdicios irán a la basura.

Te dejo unas barras de chocolate que ya no pude entregarte. Goza la vida, mira las estrellas antes de dormir, ve al mar, nada tanto como puedas. Recuérdame, esto es lo más importante, como tu tío el proyectista que te amó con el amor de un padre. Y también perdóname por esto.

Molino de viento

En el plato ritual de la Pascua judía aparece la cabeza y la cola de un pescado. "Eso no es de Pesaj", me digo a mí misma. Esa costumbre es de Rosh Hashaná, el año nuevo. La cabeza es el principio del año; la cola, su fin. Simboliza el ciclo. Miro bien. En este plato ritual están los órganos donados de mi tío; al lado, una instrucción: "Debes comerte primero el hígado, después la esclerótica de su ojo muerto, un pedazo de su corazón y sólo un centímetro de tripas".

Por la puerta de la cocina entra mi madre vestida de novia. Su esplendor me alumbra los ojos, hincha de aire mi respiración. Dice que vino a casarse con mi tío. ¿Estará loca?

La viuda le desata las agujetas.

—No, mamá, no puedes, es tu cuñado, ¿qué va a decir mi papá?

Mi madre se lleva el plato ritual a la cabeza como una juchiteca y sonríe porque casarse con los muertos no es mal visto por los ojos de Dios.

—¿Cuál Dios? ¡No me hables de Dios! Dios odia a sus animales, mira lo que dice aquí, yo misma lo anoté al calce de este libro.

Mi madre se desprende el velo para cubrir el plato ritual. Los restos donados de mi tío miran a través del velo. Ahora, nos sentamos a la mesa. Como si de una declamación infantil se tratara, ella me dice:

La muerte maúlla entre las mantas ¿es un gatito?
La muerte también trata de ser vida
La arrastran de aquí para allá, como muñeca rota…

Dicho esto, retira el velo del plato, lo coloca en mi cabeza y se acerca a la ventana. Llueve. Es de madrugada. Ella está afligida porque ha perdido a mi padre.

—No llores, mamá. Ya no tarda, mi papá sólo se fue de juerga.

Y nos despedimos con un abrazo ligero, aéreo, dulce.

Los placeres que se gozan en el sueño no se ponen en la cuenta de los placeres vividos en el transcurso de la existencia. ¿Quién de nosotros, al despertar, no ha sentido cierta desilusión por haber experimentado, dormido, un placer que una vez despierto no podemos renovar indefinidamente aquel día si no queremos fatigarnos demasiado? Es como un bien perdido. Hemos sentido placer en otra vida que no es la nuestra.

El velo de novia lo llevo atado al pelo de forma natural, como si creciera de mi cuero cabelludo. Ahora, como ellos, estoy convencida. Los muertos no saben nada del mundo. Han perdido la memoria, no saben quiénes fueron, apoyan el carcañal como si no caminaran en la tierra.

Vuelvo a leerlo casi en el umbral, allí, donde podemos recuperar un ápice del tiempo. Poso mi dedo índice al azar y esto es lo que leo:

Permanecen inmóviles como búhos y como búhos, sólo en las tinieblas ven la claridad.

¿Quiénes serán estos seres comparables a los búhos? ¿Serán en verdad seres o son las proyecciones de quienes anhelamos un bien perdido? Y el bien del que hablamos, ¿estará perdido si vive invisible en nuestro ser? Me atormenta la noche con sus preguntas. Un olor hediondo sale de la tierra. Jalo las cobijas hasta taparme la cabeza. Y de nuevo cierro los ojos para no ver la oscuridad.

Pisapapeles

Entre otras historias que mi abuela Esther me contó, existe una sobre las entretelas de un pollo que se sirvió en el palacio de los Reyes Católicos en el convulso 1492. La receta del platillo que se ofreció, casi de manera clandestina para celebrar la pronta partida de Colón, llegó a mis manos por medio de una amiga de la familia: la señora Betty Aboulafia, de cuyo apellido es imposible olvidarse al conocer las intrigas alrededor de la receta de pollo. La señora Aboulafia (amiga de la familia y descendiente de Abraham Aboulafia: cabalista del siglo XIII) se la reveló a mi abuela pidiéndole que no la diera a conocer. *El Dio ke mos guadre la ora,* contestaba mi abuela en judeo-español, sabiendo que no tardaría en difundir el secreto. De modo que bastó esa sola advertencia para preparárselo a las visitas de su casa que ella deseaba impresionar. Mientras chupaba el hueso de una pata del platillo real, les contaba, aunque de un modo más folclórico, algunos pormenores de los siguientes hechos que dan cuenta de esos años de guerra, de descubrimientos científicos, de fecundidad creadora, de intrigas e intolerancia:

Cuando ya se había promulgado el Edicto de Expulsión (en el que jugó un papel importante el inquisidor Tomás de Torquemada como consejero de los reyes), Luis de Santángel, un cortesano originario de una familia de judíos convertidos al cristianismo, logró ultimar los detalles para que los reyes Fernando e Isabel ofrecieran su apoyo a las extravagantes ideas de un hombre de mar que, por años, había intentado conseguir fondos para una costosa empresa: la de llegar a las Indias navegando por una ruta distinta.

Santángel protegía a Cristóbal Colón; se había convertido en su mentor e incluso fungió como una especie de representante en el interior del palacio. Fue Santángel quien en gran medida convenció a la reina de aceptar las excesivas exigencias del almirante (por ejemplo, que se le reconociera como gobernador general en todos los territorios descubiertos, para recibir un diezmo de toda la mercadería que hiciese suya en el camino y, además, claro está, para heredar esos bienes en forma vitalicia).

Después de la toma de Granada y de publicado el Edicto de Expulsión, Luis de Santángel logró al fin dirigir la mirada de los reyes hacia su objetivo: concretar el viaje del almirante. De su fortuna personal, Santángel prestó 1 140 000 maravadíes; así la Corona no tenía que desembolsar todos los fondos para la expedición (pues en ese momento los gastos militares habían minado los recursos del palacio).

Se cuenta que Santángel mantenía buenas relaciones con la comunidad judía y por ello logró convencer a sus miembros más acaudalados de que donaran una suma para ayudar a Cristobal Colón en su sueño.

Para convocar esta ayuda, los reyes —instigados por el ánimo de Santángel— ofrecieron una cena. Se encendían así las primeras luces para mandar al genovés a ultramar. Algunos judíos accedieron al convite del palacio, quizá con la peregrina idea de persuadir a los monarcas de no echar a la comunidad judía de España pues, como resulta comprensible, no querían dejar su tierra.

De mal humor, la reina le advirtió a Santángel que esa noche se servirían camarones y puerco; una forma de expresarle su rechazo a las costumbres judías de no ingerir carne de animales sin espina dorsal y sin las pezuñas partidas en dos. La reina sabía que los judíos no comen carne de animales no rumiantes. Luis de Santángel, con excelentes relaciones en los corredores de la casa real, habló con la cocinera y le pidió que preparase un platillo para que los judíos invitados cenaran con libertad.

La receta de la cocinera, un pollo preparado con vino blanco y especias, pasó a manos de algún curioso. Casi quinientos años más tarde encuentro un cuaderno donde llena de borrones, con letra nerviosa, mi abuela copió la receta:

Pollo Luis de Santángel

- 2 pollos en partes, de un kilo cada pollo
- 1 cebolla
- 4 dientes de ajo finamente picados
- ¼ de taza de aceite de oliva
- 1 vaso de vino blanco
- 1 cuchara de harina
- 2 tazas de caldo de pollo
- 1 manojo de hierbas de olor
- ½ taza de almendras molidas
- ½ cucharadilla de azafrán
- 3 huevos duros machacados
- ½ taza de pan molido frito en oliva
- 1 cucharada de perejil finamente picado
- Sal y pimienta

En una olla de buen tamaño se calienta el aceite, en el que se doran las piezas de pollo. Se sacan y se escurren. Se sofríe la cebolla y el ajo. Nuevamente se mete el pollo rociado con harina e inmediatamente se le agrega el vino. La flama se baja a fuego lento hasta que se empiezan a evaporar los jugos. Se agrega el caldo hasta cubrir las piezas del pollo. Se agregan las hierbas de olor. Se tapa la olla y a fuego lento se deja durante treinta minutos. En este punto se agregan las almendras molidas, el azafrán, la sal y la pimienta. Se revuelve y se tapa nuevamente hasta obtener la suavidad deseada de la carne. Poco antes de servir se añade el pan molido, el perejil y el huevo machacado. Se sirve en plato hondo con el caldo del guiso.

En los años posteriores al Edicto de Expulsión, Luis de Santángel logró obtener de los reyes inmunidad para que la Inquisición no lo persiguiera. Incluso se le expidió un certificado de "limpieza de sangre", pues sus antepasados pertenecieron a ese vergonzoso pueblo que debía ser expulsado para siempre del reino. No se le reconoció como uno de los artífices del viaje a las Indias. Sin embargo, su importancia en la expedición fue tal que las únicas cartas que se conservan de puño y letra del navegante genovés son solamente dos: a los Reyes Católicos y a su querido protector Santángel, quien permaneció en España hasta su muerte. El rey Fernando le pagó parte de su préstamo algunos años después. No lo hizo con la riqueza obtenida del "Nuevo Mundo", sino con los bienes incautados a los judíos de Valencia. Aunque Santángel nació ya en una familia de conversos, profesaba respeto por su sangre judía, hecho que el Rey Católico recordaba con sorna. Como si al momento de pagarle el préstamo, le espetara: "He aquí tus maravadíes. Y, por cierto, provienen de otros cerdos como tú".

Por algo, Maquiavelo menciona al rey Fernando V de Castilla y Aragón en el capítulo XVIII de *El Príncipe:*

En nuestra edad vive un príncipe que nunca predica más que paz, ni habla más que de buena fe, y que, de haber observado una y otra, hubiera perdido la estimación que se le profesa, y habría visto arrebatados más de una vez sus dominios. Pero creo que no conviene nombrarle.

Así nos describe a Fernando el Católico y nos ofrece una viñeta de la naturaleza del poder. Maquiavelo sustenta que la fuerza del rey proviene de una fuente de mentiras. Dice "a", piensa "b", pero hace "c". Modelo de conducta para algunos gobernantes.

Pisapapeles

Durante su infancia, el escritor israelí de origen rumano Aharon Appelfeld estuvo rodeado de cuatro lenguas: alemán, yidish, rumano y ruteno (especie de dialecto ucraniano). Appelfeld refiere cómo esas lenguas vivían en su interior en extraña armonía, completándose unas a otras de tal modo que habían formado una amalgama única, rica en matices, contradicciones, sátira y humor. En ella, el escritor encontraba un espacio insustituible para las sensaciones, para la sutileza de los sentimientos. "Esas lenguas", escribe, "dejaron de vivir en mí, pero a veces basta una palabra para hacer resurgir escenas completas como por encanto."

El doctor Halfen, uno de los biógrafos de Paul Celan (poeta que nació en Czernowitz, igual que Appelfeld), lo describe, joven todavía, recogiendo lilas para su amor de aquella época, Ruth Lackner. Cuenta que en esa recolecta Celan acariciaba las cortezas de los árboles y decía sus nombres en latín y en alemán. Podemos evocarlo frente a un pino, un cerezo o un tilo, repitiendo en voz alta el nombre del árbol en ambas lenguas como si hundiera en la tierra las semillas de una planta medicinal. Tal vez por ello, cuando recibió el Premio Bremen de Literatura Alemana dijo: "Sólo una cosa permaneció al alcance, cercana y cierta en medio de todas las pérdidas: el lenguaje".

Yaces hacia afuera más allá de ti, más allá de ti hacia afuera,
yace tu destino de ojo blanco, huido.

Paul Celan había perdido a sus padres, a su hijo, a su país
y en muchos sentidos a su cuerpo, del que logró deshacerse
en noviembre de 1970 arrojándose al río por el puente Mi-
rabeau, a sus cincuenta años.

Paul Celan tiene la misma mirada que mi padre. La primera vez que vi una fotografía suya al reverso de un libro, me
dio un vuelco el corazón. Escribí en los ojos del poeta con
tinta negra, trazada con hundimiento: "No quiero esta pa-
ternidad. Ni ésta ni la otra".

La cuarta pared

5 de septiembre de 1902

Por una maldición, por una sordera o por simple mala suerte, mis padres me llamaron Sarota. ¿Sarota?

Ke modo de godrura de nombre me toparon?

Sara la gorda, Sara la grande. Así me llamaban en el colegio. "Sarika-Sarota".

Todos en la familia somos de Izmir, ese *puntiko* sobre la mar que se ve en la costa occidental de Turquía. Aun cuando una ciudad sea pequeñita en el mapa, adentro la vida se expande. Los pescadores, los vendedores de ajos, los que preparan los *mezze* en las cocinas del mercado, los cargadores del puerto, los que matan corderos, las mujeres que bordan tulipanes con hilos de seda y algodón, los escolares con su mochila al hombro, las musulmanas que *chikitikas* ya están cubiertas, los viejos que están por morir, las criaturas que beben como corderos lechales de su madre, el *shamash del kal*, los muecines de las mezquitas que lanzan su *ermozo* canto *(Ala hu ekber),* los popes de la Iglesia griega, los que rellenan las hojas de parra, los que preparan *halvá;* todos ellos viven aquí aunque no pueda escucharse su voz ni seguir sus huellas al mirar el punto minúsculo del mapa que ocupa el puerto de Izmir.

Pisapapeles

Nombres extraños, cifras que comienzan a tomar forma en un atlas que nos debería estremecer.

Una lengua se considera amenazada cuando tiene menos de cien mil hablantes.

El libro rojo de lenguas en peligro de extinción de la UNESCO consigna, tan sólo en Europa, lo siguiente: de las ciento veintitrés lenguas contemporáneas, nueve están a punto de morir, veintiséis cercanas a su desaparición, treinta y ocho en serio peligro y trece muertas.

Los nombres de algunas de estas lenguas que hasta hace poco han servido para comunicar distintas comunidades europeas son:

Kemi sámi, mansi del sur, polabo, eslovincio, prusiano antiguo, nórdico, gótico, manx gaélico, cornuallés (cornish), mozárabe, shuadit (judeo-provençal), zarphatico (judeo-francés), dálmata, sámi ume, sámi pité, sámi akkala, sámi ter, livonio, votio, italkiano (judeo-italiano), yevanic (judeo-griego), krimchak (judeo-tártaro), arameo, árabe chipriota, yiddish, gascón, languedociano, provenzal, alpino-provenzal, franco-provenzal, auvernés, lemosín, romanche, poitevino-saintongés, normando, picador, bretón, istrio, istrorrumano, frisón oriental, frisón septentrional, gardiol, aromúnico, pontiaká, arva-

nita, tsaconio, vlasi, gagauzo, caraíta, casubio, sami meridio-
nal, ingrio, ludio, vepsio y mari.

El ciberespacio es un factor de riesgo para la superviven-
cia de estas lenguas. La mayor parte de la información en la
red se encuentra a disposición en menos de uno por ciento
de las lenguas existentes.

—*Avla* —me decía mi abuela— *de las kozas komo las
sientes de mi. No solo avles este espanyol tuyo de djente
moderna. Ansina te vas a ambezar a dezir las kozas prenya-
das kon su gueso de orijín. Me estas entendiendo kualo digo,
hanum?*

La cuarta pared

26 de diciembre de 1906

En las mañanas ayudo a mi hermana mayor a desplegar los cajones de ropa en el bazar. Salimos en ayunas, sin probar bocado ni beber gota de leche. Con el paladar seco, salido del sueño, antes del kikirikí-kokorikó estamos ahí, justo enfrente de la tienda de rosarios de Ahmed. Esto no es vida para mí. *A las kinze manko sesh entro a komer bokado a la kaza muestra.*

A las siete alguien me grita por la puerta:

—SAROTAAAAAAAAAAAAAAAA... —*en vezes siento ke me dizen "stá rotaaaaaaaaaaaaaaaa", el Dio me guadre en toda ora...*

—*Espera un punto* —*respondo kon pasensia.*

Los estudios me los procura con más gusto mi madre que mi padre.

(Ella se llama Mazaltov, buena cosa cuando tienes la suerte echada. Cuando la suerte es negra no es buen nombre llamarse "buena suerte". Es como llamarle Bella a una mujer con mostachos... *Senyora Mazal tov, senyora Fortuna, ainda senyora Bienestar*). Si queremos ser textuales, diremos bien el nombre de Mazal Tov: "Señora buena suerte". A veces pienso en el sonido "señora buena muerte". *Saludoza ke esté.*

La madre mía entiende bien lo que me gusta y lo que no tolero. Ella tiene las entendederas en el corazón y sabe que yo me pudriría como *peshkado* si me obligaran a vender en el bazar. A cada quien lo suyo. A mí que me den el *sak-sak-sok-sok/sak-sok*. Desde el día que lo conocí, el sonido del telégrafo *me toma el korason entiero*. No puedo evitarlo. Hay a quienes les parece un martirio, como escuchar a un pájaro carpintero día y noche *aburakar un tronko de piedra*. La primera vez que entré allí, supe que ése era el futuro mío. "Tengo que aprender este oficio", pensé.

Por la noche, a la hora de cortar la trenza de pan, se lo dije a la familia.

—Quiero comunicarles que voy a entregar una solicitud de trabajo en la oficina del telégrafo.

La respuesta de mi padre fue voltear la cara al otro lado y culpar a su mujer:

—*Esta ija tuya ayre vulado en la kaveza tiene.*

Pisapapeles

Junto con un escritor amigo mío, visito por primera vez la ciudad poblana de Chipilo un sábado por la mañana. Lleva tiempo diciéndome que debo conocer a E. M., un amante y defensor de la lengua *véneto*. Tiene menos de treinta años, es tímido, rubio, de frases cortadas y con una entrañable brillantez más seca que estridente. La variante véneta que habla es el feltrino-belunés. Resulta sorprendente que el dialecto no haya sido muy influido por el español, en comparación con las alteraciones que ha sufrido en Italia debido al contacto con el italiano. Me explica que la fabricación de quesos es todavía la forma de mantener a la comunidad, aunque hoy se han diversificado sobre todo al área de muebles que venden en franquicias en la capital poblana. E. M. se expresa en véneto desde su niñez, tiene un tono nasal, una voz grave que embellece el sonido de su habla. Él mismo se encargó de subir a la red estos datos:

La léngua vèneta *la xe na léngua parlada in Talia inte la rejon del Veneto, inte la provincia de Trento e inte la xona costiera del Friul, in Croazia lóngo le coste de l'Istria e de la Dalmazia, inte'l Stato de Rio Grande do Sul (Braxil), e intel paéxe de Chìpilo (Mèsico).*

—La lengua está en el libro rojo de lenguas en peligro —me dice en voz muy baja. Y agrega—: Cuando se muera la lengua, yo me inmolaré.

—¿Como los Niños Héroes de Chapultepec? —le digo en broma. Pero noto su mirada en otro registro. Él baja los ojos—. ¿Lo dices en serio? —le pregunto.

—Estoy decidido. Moriré junto con el véneto. Quisiera leerte algo de George Steiner que subrayé —me dice con una sonrisa.

—Sí, claro —le contesto en automático, un poco sorprendida por sus convicciones de muerte.

Cuando desaparece un idioma, muere con él un enfoque total —un enfoque como ningún otro— de la vida, de la realidad, de la conciencia. Cuando un idioma es arrasado o reducido a la inutilidad por el idioma del planeta, tiene lugar una disminución irreparable en el tejido de la creatividad humana, en las maneras de sentir el verbo esperar. No hay ninguna lengua pequeña. Algunas lenguas del desierto del Kalahari tienen más matices sobre el concepto de futuro, del subjuntivo, que aquellos de los que disponía Aristóteles. Lejos de ser una maldición, Babel ha resultado ser la base misma de la creatividad humana, de la riqueza de la mente, que traza los distintos modelos de la existencia.

—¿Me entiendes? —me pregunta clavándome los ojos y buscando mi aprobación—. Si muere el véneto, moriré con él y no en Italia sino aquí, en mi casa de Chipilo.

Anoto la fecha: 9 de abril de 2008.

La cuarta pared

25 de abril de 1907

—Sarota... —me dice mi pápa—. *Ke mo de mujer keres ser lavorando en kamaretas de ombres?*

—*Sarota* —me dice mi máma— *no sientas lo ke te dize tu padre i anda ve ande el telegraf i ambézate lo ke keres fazer.*

Me costó decidirme. Que mi padre no se ofenda, que no se desquite con mi madre y, no lo voy a negar, que se adelgace el miedo de entregar mi solicitud de empleo en un sitio cercano al prestigioso barrio Karata, donde viven los *djidyós* menos pobres que nosotros. Ahí, blanca, frente al mar, está la casa de correos. A la derecha hay una puerta azul. Al abrirla te encuentras con dos puertas más. La de la derecha es la del telégrafo. La otra, la oficina del director. Toqué la izquierda. Mi cita era temprano y no había alguien antes que yo.

—*Boirum* —me dijo *monsieur* Adnan.

Y yo fui al grano.

—Lo que más quiero es aprender el oficio de telegrafista —le dije con una seguridad que no sé de dónde me fue dictada—. Si es necesario pasar una temporada sin percibir centavo, lo entiendo y estoy dispuesta a...

—No, no, no —interrumpió *monsieur* Adnan alisándose el bigote— eso no es correcto. Aquí nadie trabaja de balde.

Tienes la suerte de venir cuando dos excelentes colaboradores fueron trasladados a nuestras oficinas de Estambul. Contratamos hace apenas quince días a un excelente telegrafista de Kuşadasi. Si quieres un puesto de aprendiz, a partir del domingo debes llegar puntual a las siete y trabajar bajo sus órdenes. Si tienes facilidad, te tomará unas seis semanas aprender bien el código y comenzar a transmitir los primeros mensajes. Si no logras ese objetivo, será mejor que cambies de giro.

Loca de dicha salí. Caminaba por el muelle con el viento en contra. Nunca había visto tan hermosa mi ciudad. Los barcos en el horizonte, la plaza Konak llena de palomas, con su reloj antiguo, marcaba las nueve con diez.

Que la luz de Izmir alumbre mi vida y mi muerte, pues a mí no me arrancarán nunca de mi ciudad, pero si *monsieur* Adnan me traslada a Estambul, ¿qué podré decirle? ¿Y si me vuelvo la mejor telegrafista del imperio? ¿Y si me quiere llevar a Bursa? ¿Y si creen que debo dejarlo todo e irme a Ankara? ¿Y si mi padre se infarta al ser notificado de que su hija es la mejor telegrafista de la ciudad, del imperio, del continente entero? ¿Si la historia consigna mi nombre como la telegrafista que alcanzó el mejor récord por su impactante velocidad? ¿Y si llego a inventar otro código mejor? Mañana le daré la noticia a mi señor padre. Hoy quiero flotar de alegría sin verle los ojos salidos de espanto.

Kantikas

se fuyeron
kon prestor
alevantando avagar
avagariko
komo ierva
kresiendo
komo ayer va, kresiendo
a dezirme: so

"despierta
so tu padre"
"despierta
so tu madre"
a fazerme avlar
vozes
vinieron
i empues
tomaron ayre

les prepari kafe turkí
ama no bevieron
no tokaron
mis kaveyos embuklados

vapores blankos
i bafos de nieblina
dejaron komo prueva
                    i se fizieron sielo

La cuarta pared

7 de noviembre de 1910

—Sarota —me dice mi madre— manda un mensaje a la familia Benaroya que les nació *kriatura*. *Na. Eskrive: "Larga vida a Salomón i mazal-tov a la famiya entiera"*.

—Sarota —me dice mi amiga Alegre— envía a Jospeh esto a Edirné. Y que nadie más lo sepa. *Na. Eskrive: "Noches largas. No poedo olvidarte. Alegre"*.

También aquellos mensajes cifrados: "Carga la leche. Mañana envío dedos y dedales. AGK".

Hay algunos que fueron censurados: "Me pagas o te mueres".

La gente aprieta sus mensajes por economizar el precio. A veces piden ayuda o reaccionan cuando la cara de extrañeza del receptor de ventanilla los mira con reprobación.

—¿Qué? ¿Hay algo mal escrito? —le preguntan con temor.

Ahora que han pasado los años, la gente va más aprisa y a nadie parece importarle hacer las cosas como *El Dio* las manda. El de la ventanilla está fastidiado y no trata de mejorar los mensajes de los usuarios. Por suerte, ése nunca ha sido mi papel. Yo sólo soy la música del *sak sok sak sak* y a veces hasta dormida —pero en estado de alerta— transmito mensajes en clave.

El martes, Z. no vino a trabajar y nadie lo notó. Cuando yo me esguincé la mano, parecían paralizados. No quiero ser engreída, pero me doy cuenta de los hechos: me he vuelto imprescindible.

Molino de viento

Las dos ciudades más importantes de Bulgaria (Sofía y Plovdiv) formaban parte de Tracia siglos antes de nuestra era. A ojos de los griegos clásicos, los tracios tenían costumbres raras, pues lloraban cuando nacía un niño por todo lo que tendría que sufrir. Cuando enterraban a alguien hacían bromas, celebraban y reían porque éste no volvería a sufrir ya que, por fortuna, se encontraba en el inicio de su peregrinaje hacia una vida colmada y eterna, liberándose así de los dolores de la Tierra. Los griegos tenían un adjetivo para definirlos. Por la expresividad de su himno de batalla los llamaban "titanismos", pues imitaban el llanto de los Titanes. De modo que no sólo por su yogur y su perfume de rosas se conoce ahora a los búlgaros, sino también por su extraña forma de llorar y, más todavía, por su forma de llevar la contra. Sencillamente sus gestos son alrevesados. Cuando los búlgaros quieren decir "no", mueven la cabeza de arriba abajo. Cuando quieren decir "sí", truenan la boca y sacuden la cabeza de un lado al otro. Niegan al afirmar y afirman al negar. Si en la calle se le aborda a alguien, por ejemplo, para preguntar "¿habla usted inglés?", responderá "no" con un gesto de "sí" y uno se quedará atónito.

En las calles de Sofía aparece mi abuela, repetida por montones en las esquinas, en la parada de los tranvías, en los andenes de las estaciones, en las puertas de las iglesias ortodoxas. La veo ahí con su cara de tracia, vestida con la misma túnica de la moda de Pericles. "¿Me quieres, abuela?" Ella le saca provecho a la famosa confusión y mueve la cabeza pendularmente, pero no se sabe bien si de arriba abajo o de un lado al otro. Más bien hace un gesto difuso. En realidad no me quiere, no me quiso. De todos modos le doy una limosna afuera de una iglesia. Lleva un pañuelo en la cabeza, le han crecido los bigotes, pero sus manos conservan una lozanía que no se corresponde con su cara octogenaria. No tiene venas salidas ni se nota la piel adelgazada.

—¿En qué mundo vives, abuela? —le pregunto a la vieja sentada junto a un plato de plástico amarillo con monedas de distintos países. Me contesta en tres idiomas. Lo único que entiendo es que mueve la cabeza de un lado al otro porque está afirmando algo—. ¿En qué mundo vives? ¿No vas a decirme?

—*Mira, keridika, yo poedo ver al traves del enverano a las almas ke se toparán en este mundo grasias a los nasimientos, i de la otra banda poedo mirar al invierno por ande las almas dejan los puerpos fízikos para irse a otras dimenziones. Yo so komo "Yanuar", el primero mes de toda la anyada. Jano, el Dio de los komienzos, emprestó su nombre para yamar ansina al primo mes: Yanuar, January, Janvier, Janeiro. Saves ke Jano poede mirar a un tiempo al pasado i al futuro? Keres ke te mire agora komo serás mas endelantre?*

—No, no. Tú no eres Jano ni eres otro dios. Mejor cállate. Pareces gitana.

—*Prime ke lo sepas. "La kaza vaziya te va a kedar antes de fazerte novia."*

Le tiro una moneda al plato. Quiero irme. Estoy agotada de recorrer estas calles infernales. ¿Quién soy? ¿Acaso el alma tracia que se arrastra por las calles de Bulgaria? Mi abuela me habla de mi niñez cuando yo he pasado esa línea hace años. Quiere atravesarme con la flecha que va desde el futuro hacia el pasado. Está loca. Por eso mueve la cabeza en sentido contrario.

La cuarta pared

2 de mayo de 1919

La oficina mía en los telégrafos de Izmir lleva mi cédula. SAROTA KARMONA. Del otro lado de la puerta mantengo dos oficios simultáneos. Me he convertido en la más rápida de la ciudad (y tampoco me ganan en decodificar). El segundo oficio, menos honorable, es el de estar enterada de todo lo que pasa aquí, entre todos nosotros. Negocios de tal con cual, riñas de éste con aquél, amores sospechosos, intercambios comerciales, asuntos de ferrocarriles, mensajes diplomáticos, pleitos por herencias, quién nació, quién murió, quién quedó preñada, quién está enfermo, quién se va de viaje, cuántas pariduras tuvo el día o quién quedó loco de amor. A un tiempo aprendí el código de Morse y el código de ética: *Meldar i serrar la boka.*

La parte más fácil es la que menos me entusiasma. Escribir la procedencia del mensaje, el número de identificación, la cantidad de palabras, el nombre del destinatario y la oficina de distribución. Yo reconozco por su forma de transmitir a otros telegrafistas. Hay, por ejemplo, uno en Estambul con un ritmo inconfundible. Él dice lo mismo de mí. Lo conocí en el invierno de 1906, vivimos un tormento y al final, nada: no nos casamos y encima, para mi desgracia, perdí el diario que escribía durante todos esos años. Mejor. Me pondría enferma de recordar los detalles.

Es sabido que no soy la única mujer, pero sí la más veloz. En Izmir trabajamos sesenta y siete personas en la oficina de correos. En la sala ruidosa del telégrafo sólo somos nueve. Dicen que esto va a crecer tanto que llegaré a perder la cuenta, que revolucionará al mundo entero.

Pisapapeles

Aquellos judíos que se negaron a salir de España tras la expulsión y se convirtieron públicamente al catolicismo, pero que en la intimidad de sus casas conservaron y practicaron su fe judía, se llamaron "cripto judíos" o incluso "cripto sefaraditas". Hubo tantas ramificaciones que tuvieron nombres diversos según la región en que se establecieron. En la isla de Mallorca, por ejemplo, se les conoce con el nombre de "chuetas", con apellidos como Fuster, Martí, Cortés, Miró, Pinya, Pomar, Segura, Aguiló, Picó, Valentí, Fortesa, Valleriola, Valls, Tarongí.

No todos los cripto judíos permanecieron en la península. Avanzados los años algunas familias que profesaban sus prácticas en secreto salieron de España. Son los hijos, nietos y bisnietos de esa primera generación que vio partir a la mayor parte de su comunidad tras el Edicto de Expulsión. Aquéllos aprendieron y enseñaron a los suyos a llevarse la cruz a la boca y a persignarse a la menor provocación, sobre todo cuando se sabían observados. Con el tiempo, parte de esas familias se instaló en el norte de México. Otras eligieron Colombia.

En México, algunos cripto judíos lograron escapar de la Inquisición al establecerse en el "Nuevo Reyno de León" y en Nuevo México. Siguieron sus hábitos y costumbres, casi como si nunca hubieran mudado país y continente.

Felipe II, bisnieto de los Reyes Católicos, pidió relajar las "leyes de pureza de sangre" que establecían la obligación de ser cristianos viejos —al menos de tres generaciones— para irse a poblar el Nuevo Mundo. El territorio allá era lejano, inmenso y difícil de habitar. Con el fin de promover el complicado viaje, el monarca tuvo que plantear reglas más laxas y así ocupar los territorios conquistados. La lengua que hablaba este grupo de emigrantes en el Nuevo Reino de León y en Nuevo México evolucionó a la par que se habituaron a la lengua hablada en el lugar, con inflexiones y palabras distintas a las empleadas en la península.

Tampoco en México los cripto judíos que llegaron a poblar el norte del país ejercieron abiertamente sus tradiciones religiosas y ese ocultamiento comenzó a borrar las fronteras de su fe hasta perderla casi por completo.

Hoy en día, en los estados mexicanos de Nuevo León, Coahuila y Tamaulipas, al igual que en Texas y en Nuevo México, se emplean expresiones originarias de la lengua sefardí. Es probable que quienes el día de hoy emplean "güerco" (que en sentido estricto significa "diablo" y es también una forma de referirse a los niños, especialmente a los traviesos), "la calor" o "A Dió" (expresión que denota sorpresa y que en ladino es de uso cotidiano al igual que en las zonas urbanas y rurales del norte de México), ignoren el origen de estos giros.

Entre los pobladores cripto judíos, los más célebres fueron los integrantes de la familia Carvajal. Muchos, como se sabe, terminaron en la hoguera.

La cuarta pared

7 de febrero de 1920

"*Sarota*", me escribe mi padre desde el telégrafo griego, "*kero ke eskrivas al Dio un telegram pidiendo ke me pedrone de no saver a tiempo el bijú de ija ke me mandó. So viejo i esto kanso. Te rogo me pedrones i tu.*"

Guardo este mensaje como una prueba de su amor a veces imposible de entender.

La cuarta pared

22 de noviembre de 1920

Me llegó por *telegram*. "*A Sarota Karmona: Papá murió esta noche. Entierro Alhad demanyana.*"

Que su alma esté en *Gan Eden*, que alcance la paz eterna. *Amén...* Hoy aprendí que la palabra "amén" viene del hebreo *emuná*: creencia. Amén, que así sea.

Molino de viento

Estoy cayendo a un pozo lleno de eco y la sensación no es de miedo, sino de impaciencia, porque quiero, deseo estar en el fondo. Sé que allí me espera una tortuga que ocupa toda la base y que me llevará a un sitio en el que encontraré algo buscado desde niña, aunque no recuerdo qué es.

El moho de las paredes durante esa interminable caída se vuelve de un verde primavera y fosforece cuando lo toco con las yemas durante mi descenso. Recuerdo la fórmula para conocer la aceleración de los cuerpos en caída libre: 9.8 m/s^2. Calculo mi velocidad. De pronto comienza a llover dentro del pozo y se escuchan los truenos magnificados por la resonancia del vacío. En este momento me aterra que un relámpago me parta en pedazos. Se alumbra el interior del pozo con cada descarga de luz y segundos después se escucha el trueno. Eso quiere decir que la descarga no está realmente cerca, que estoy a salvo. Sin control de lo que digo, comienzo a hablar en lenguas y el eco repite, pellizca, alarga:

Antes sona la boz del trigueno i después sale del relámpago, pero a mozotros mos parese ke es la buelta; i el taam es siendo ke el sentimiento del sentir es godro i tadra la oreja de sentir, lo kual el sentimiento del ver, ke es mas delgado i liviano, i por eso mas antes vemos el relámpago i después sentimos el trigueño...

Toco fondo con estas palabras y con un dolor de cabeza desquiciador voy a mi librero. Necesito recordar un viejo manuscrito.

El sueño no es meramente actividad somática: es un acabado fenómeno psíquico de realización de deseos y por tanto debe ser incluido en el conjunto de los actos incomprensibles de nuestra vida despierta, constituyendo el resultado de una actividad intelectual altamente complicada.

Después recuerdo que, de niño, mi padre, en un viaje para conocer las hermosas murallas que circundan la ciudad de Veli Kotarnovo en Bulgaria, estuvo a punto de perder la vida sacando agua del pozo.

Entre las ondas blancuzcas del humo de mi cigarro comprendo el arco que mi sueño traza, lo hago sin moverme y me inclino ante mi propio sueño.

Del diario de viaje

En busca de la familia materna de mi padre llego, después de años —e ideas equivocadas sobre este puerto— a Esmirna. La familia Benaroya vivió durante décadas en esa ciudad griega, romana, bizantina, otomana y que hoy forma parte de Turquía. La comunidad judía turca llegó a tener cien mil miembros, de los cuales una gran parte vivía en Izmir. Hoy quedan mil trescientos judíos en la ciudad. Bahri Baba, el "cementerio nuevo" de la comunidad judía de Esmirna, fue inaugurado a principios de los años treinta y está activo hasta el día de hoy. (Se sabe que el cementerio antiguo fue destruido por los nazis y que con parte de sus lápidas un alto comandante se mandó a hacer una piscina.)

Hay un viejo cuidador que trabaja en Bahri Baba desde hace cuarenta años.

Bajo el amparo de la señora Eme (una izmirlí que me abre las puertas con sus relaciones), busco en el libro de registro del cementerio "Benaroya", el apellido materno de mi padre. Los Benaroya eran turcos.

Nada, no hay siquiera uno. Tampoco el cuidador recuerda a nadie bajo ese nombre. Pido el libro y recorro yo misma las cuadrículas del papel que consigna, por abecedario, páginas y páginas en una hermosa caligrafía en tinta azul. Leo todos y cada uno de los muertos desde hace casi ochenta años. Varios apellidos me son familiares y sonrío al identificar homónimos de gente que conozco. Están vivos en México, incluso en España y seguramente no saben que en una loma de Esmirna una lápida con su nombre y apellido se adelanta a la que tendrán algún día en otras latitudes. Casi todas las tumbas llevan caracteres hebreos; otras, escritura latina con mensajes memorables: *MI AMADO MOSHIKO, MOERTO EN LA FLOR DE SU GOZAR, 1899-1933.*

De pronto mis ojos se detienen en un nombre inesperado del libro de registro: "Sarota Karmona". ¿Quién es ella? Jamás la he oído mencionar. Hija de Mazaltov y Aarón. Murió el 1 de junio de 1933 a los cincuenta y dos años.

Le pido a la señora Eme que me ayude a identificar la tumba. El cuidador nos lleva. Es casi en una orilla del cementerio.

La tumba no tiene nombre, ni apellido, ni seña alguna. Sólo nos guiamos por el sector, la fila y el número. Dejo una piedra gris, pequeña, sobre la lápida desnuda. Las personas que vienen conmigo dejan las suyas también. Tres piedras planas. El cuidador llena un balde de agua y lo vacía sobre la tumba. El agua oscurece la piedra. No tengo idea de quién es Sarota Karmona, pero su nombre se me quedará grabado en *el meoyo,* como diría la abuela señalándose con el índice la sien.

Distancia de foco

"Entre los campesinos eslavos se obliga a los recién casados a pasar la primera noche en los establos para que su ejemplo estimule la proliferación de los animales."

Le muestro este párrafo a mi hermano. Lo encontré en un libro de mi papá. Los dos sospechamos que mis tíos y mi madre fueron concebidos entre vacas y boñiga. Imaginamos a los abuelos tirados allí, en un establo de Bulgaria. Mi abuelo con su levita y ella con sus carnes desparramadas. Mi hermano y yo no desconocemos la historia de cómo se llega al mundo.

—No seas tonta, los campesinos no usan levita.

—No seas tonto tú, pues la levita la usaba para subirse al *faetoniko*.

—Los obligaron a pasar la noche de bodas en los establos.

Salgo del cuarto con la idea clara de que mi hermano tiene la razón. Voy a la cocina por un vaso de leche y me encuentro a la abuela tirada en el piso. Me quedo paralizada unos segundos. Doy la media vuelta y me regreso a buscar a mi hermano.

—Oye, la abuela se murió.

—Espérame, tengo que soldar esta pieza.

—No seas tonto, está muerta, levántate.

Vamos juntos a la cocina y, en efecto, de negro, tirada a un costado de la estufa, exactamente a las puertas del fregadero, yace la abuela como una res echada.

—¿Qué hacemos? ¿Derramarle arena en los ojos?

—Sí —me dice mi hermano— es nuestra obligación como judíos.

Vaciamos la maceta y le derramamos un puño de tierra en los ojos. De pronto, ella revive. Tiene la boca espumosa, huele mal. Se quita la tierra de la cara y nos pide un vaso de agua. Se sienta sin nuestra ayuda en el piso y nos pregunta qué le hemos echado encima. Mi hermano le dice que yo la quería enterrar en la cocina.

Por alguna razón olvidamos este suceso y volvemos a evocarlo, cuando menos, treinta años después. Mi hermano toma un lápiz y dibuja el cuadrado de la cocina aquélla, donde mi abuela se desmayó. La cintura se me contrae después de todos los estertores que me produce ver el dibujo con la figura tirada, según el diseño que acaba de hacer con trazos casi infantiles. ¿Cómo es posible esto? Mi hermano recompone la escena.

—No, no, déjame ver, creo que tenía los zapatos de este lado —y vuelve a trazar el dibujo con los taconcitos para acá.

Yo sólo le agrego al papel la figura de un perro. Es *Maya*. Le lamió la cara, le chupó la tierra, ¿te acuerdas? Mi abuela la odiaba. ¿Por qué odiaba tanto a los animales la abuela?

Del diario de viaje

Hoy me recibe una pareja ya mayor con una calidez inesperada. Después de dos horas de charla y de café, les cuento el suceso del cementerio. Cuando digo el nombre "Sarota Karmona", el señor Simón me comenta lo siguiente:

—*Mi yerno es ijo de un telegrafist ke alguna vez me rakontó una istoria. Kuando la sivdad de Esmirna fue kemada por el famozo insendio de 1922, su padre biviya en un kazaliko ande morava una telegrafista de muncho renombre en la sivdad. El vezino de esta mujer arrekojió un bulto suyo antes de fuyir kon sus pokas kozas para skapar del foego...*

—No sé si entiendo bien. ¿Usted me está diciendo que la señora era vecina de la familia de su consuegro? ¿No se llamaba Sarota Karmona?

—*Ansina es... Komo lo saves? Sarota, ansina se yamava. El pápa arrekojió un bulto i salio korriendo antes ke el foego lo tokara. Sarota murio 10 anyos dospues i komo amigo —i mui kerido— el padre del efsuegro de mi ijo, es decir, el papú de mi nuera, fue el kudiador de esos papeles ke al tiempo aviya salvado. Sarota no tuvo ijos. Mi kosuegro avló de depositar las kozas suyas en el Muzeo Sefardí de la sivdad por mo de rememorar a una famoza telegrafista. Tanto le plaziya eskrivir telegram atras de telegram, ke ansina dejó las fojas de un diario ke skrivió kaji toda su vida... Vosotros sos famiya?* —me pregunta directamente.

Un sudor frío me expulsa del asiento. Es la mujer de la tumba sin nombre.

—¿Dice usted que esos diarios pueden buscarse en los archivos del Museo Sefardí?

Distancia de foco

A mi madre le regalaron una pomada hecha con granos de elote tostado, florecitas de ruda amarillas y aceite de almendras dulces. Me la debo untar a diario en los pliegues del cuerpo: en los brazos, en las piernas, en las juntas de las orejas, pero no me hace mucho efecto y, cuando me ayuda, al rato ya estoy igual. Carmen viene a mi rescate.

—Si me prometes no contarle a nadie, te voy a llevar a la Villa de Guadalupe a que te quiten esas alergias, pero no le digas a tus papás. Les voy a pedir permiso para llevarte con mi hermana y nos vamos a la Villa de Guadalupe.

Al sábado siguiente salimos muy temprano. Tomamos dos camiones hasta llegar a la plaza donde se reúne un montón de gente. Por el fondo entramos a la iglesia. Carmen se persigna.

—¿A qué huele, Carmen?

—Es copal, mi niña.

Nunca me había hincado en una iglesia. Repito lo que escuché en la escuela:

—El Dios de los judíos castiga a los que se postran.

Ella me acaricia la espalda y me dice al oído:

—Ahorita sólo pídele que te quite esas alergias.

La Virgen nos mira de tres cuartos. Si me muevo, sus ojos me cazan. Si me quedo quieta, parpadea. Me muevo, me sigue. Me hago la disimulada y luego la volteo a ver: sus ojos no me sueltan.

—Deja de jugar y reza —me dice Carmen, impaciente— y respira muy hondo y pide con el corazón.

Por fin logro concentrarme. Lo sé porque algo me prensa hacia un vacío, como si mi tamaño se redujera, se hiciera liviano, se deslizara, perdiera peso, se hundiera, no lo sé. Siento que algo se sube por mi brazo: es una catarina color cereza. Carmen le interpone el dedo para que se le trepe a ella. Dice que ese bichito será mi animal de compañía, mi nagual.

Diez días después mi mamá está feliz porque el ungüento me hace un efecto notable en las alergias. Carmen me cierra un ojo y me ve igual que me veía la Virgen, luego se limpia las comisuras de los ojos con su delantal. Mi mamá le pregunta qué le pasa, si acaso está llorando por la cebolla que pica en trocitos para el *gulash* de res, el plato favorito de la tía Gerta, que vendrá a cenar esta noche.

Cuando me voy a dormir, mi tía y mamá se quedan en la mesa con varios libros y dicen unas cosas en alemán y otras en español. (Gerta nació en Weimar y es sobreviviente de un campo de concentración. Para ganarse la vida traduce libros y siempre parece feliz. No imagino cuando la dejaron encerrada sin comer en esos guetos donde maltrataban a los niños.)

Temprano, antes que mi mamá se levante, encuentro en la mesa un papel escrito con letra muy derechita. Tomo la pluma que dejaron encima y le hago dibujos arriba de las letras. Me doy cuenta demasiado tarde de que me van a castigar por haber rayado esa hoja de trabajo. Decido esconder el papel en un libro de pasta roja. Lo doblo en dos y ruego que nunca me descubran.

Años después, sin la tía, sin Carmen y con mi madre muerta, aparecerá, adentro del libro con pasta roja, el pequeño manuscrito. Reconozco la escritura y esos dibujos infantiles. De pronto, el impacto de esa noche enciende mi memoria y lo hace en forma paulatina. Como una casa con pasillos en penumbras que se van iluminando poco a poco conforme los vamos recorriendo, así llega a revelarse el gran salón, el lugar de los secretos, ahí donde se deslizan los cerrojos que mantenían las puertas cerradas a nuestra percepción. Primero se alumbra un hecho, después el otro. Volteo instintivamente a verme los pliegues de las piernas y los brazos: están enrojecidos. Me asalta la imagen de la Virgen de Guadalupe y el calor curativo de Carmen. Me doy cuenta en ese momento de que mis pliegues escocidos son también el arco trazado entre esa mañana de mi niñez y este escrito que cae a mis manos como un objeto imantado. "Los efectos visibles de lo invisible", dice el *El libro de las adivinaciones*.

Unos cinco o seis años después, me propongo escribir un ensayo sobre "diarios de escritores". Leo, embebida, los *Escritos autobiográficos* de Walter Benjamin. El corazón me da un vuelco y la sangre se me agolpa en la cara cuando encuentro allí ese hermoso pasaje, el mismo que habían traducido las dos mujeres años atrás, tal vez como una alianza y, para mí, como una especie de eco que por tercera vez se posa bajo mis ojos. "Un germen de vida para ser despertado", vuelve a insistirme una voz antigua. Voy hacia el libro donde se quedó prensada la traducción. Corroboro el hecho cuando descubro, atónita, que una catarina roja camina en una junta del librero.

Escribe Walter Benjamin en su *Cuaderno de Berlín*. Lo hace desde su tiempo que se entrecruza con el mío. No lo subrayo, sólo lo repito hasta que las palabras se graban en mi memoria y comprendo de dónde nace la expresión "aprender de corazón" *(apprendre par cœur)*:

Quien un buen día ha empezado a abrir el abanico del recuerdo, siempre encuentra nuevas piezas, nuevas varillas, ninguna descripción le satisface, pues se ha dado cuenta de que cabría desplegarla, de que únicamente en los pliegues reside lo auténtico: aquella imagen, aquel sabor, aquel tacto a causa del cual hemos desdoblado, hemos desplegado todo esto; y entonces el recuerdo va de lo pequeño a lo pequeñísimo, de lo pequeñísimo a lo ínfimo [...]

Distancia de foco

No sólo maté a mi padre, también maté a mi perra, me digo una noche en la oscuridad de mis sobresaltos, espantando los bichos que vuelan como hostias.

Nueve años si acaso. Mi madre me regaló un poodle café. Ella también amaba a los perros pero no quería tener uno en casa. "No son animales para el encierro." Un día me mordió el perro de la vecina y tuvieron que picarme la panza durante varias semanas. No fuera a ser que me enfermara, sólo eso le faltaría a mi madre, viuda y con la hija muerta de rabia. A pesar de las inyecciones, yo seguía soñando con tener un perro en casa, hasta que se ablandó el corazón de mamá.

Y me dediqué a mimarla, jugaba con ella, era mi hija, mi hermana menor. Al volver de la escuela la enganchaba a la correa y bajábamos juntas dando brincos. Íbamos al patio a simular un llano. Cuando mi abuela le hablaba era para decirle:

—Vete a echar las fieles a otra parte.

¿Las fieles? ¡Está loca! Nunca se ha hecho en un lugar prohibido. ¿Las fieles? Qué forma de llamarle a la mierda.

Sobre una mesa alta la enseñé algunos malabares. La perrita se moría de susto pero yo la animaba.

—Ven, *Maya*, toma este pedazo de pan —y la perra brincaba desde la mesa para que abajo yo me la comiera a besos.

—Ven. *Maya*, toma este pedazo de carne.

Al caer se oyó un golpe seco. Fue en la cabeza. Al día siguiente amaneció ida, las patas no lograban sostenerla. En la tarde se murió.

—*Kale portarse bien i ser kreatura buena* —me dijo mi abuela mientras sacaba y metía las agujas en sus eternos tejidos de lana—. *Tu matatesh a la perra ama no deves ansina yorar, deves tener muncho kudio de no estar en este mo de lagrimatorio, ke kada diya un poko mas fea seras kon este yoradero.*

Distancia de foco

Era alta, de pelo largo y castaño, con ojos avispados. Se llamaba Nora. Cada mañana, como si estuviera al servicio de un ritual, salía meciendo el trasero a la tienda del señor Arditi. Regresaba con el periódico adentro de una canasta de mimbre pintada de azul. La cargaba con ligereza y encanto. Todos en el barrio la conocían, le chiflaban al pasar. Cruzaba de vuelta el umbral de la casa, feliz, con agitación. Depositaba la canasta a los pies de su amo, mi tío Milcho, que en ese entonces era un joven capaz de darle a su perra una disciplina que él jamás tuvo para sí. Nora convivía con todos los miembros de la familia, salvo una excepción: mi abuela Victoria, que la detestaba. Durante años la soportó con dificultad hasta que una mañana despertó con una idea. Amarró a Nora a su correa, caminó hasta la avenida del mercado y ahí solicitó el servicio del faetón, una carroza tirada por caballos. Con todo y Nora, se subió al taxi y le pidió al faetonero dirigirse al suburbio más conocido al sur de Sofía, una zona boscosa a cuarenta y cinco minutos de viaje. Se bajó de la carroza con claras instrucciones de hacerse esperar el tiempo necesario. Cuando volvió, Nora ya no estaba con ella. Al regresar, encontró a sus tres hijos crispados, pero ninguno como Milcho, quien había educado a Nora con un esmero sobrecogedor. Todos los vecinos admiraban a esa perra capaz de ir por el pan y volver sin distraerse con la canasta azul en el hocico, una mensajera al servicio de sus deberes sagrados. Durante tres días, los tres hermanos buscaron a la perra ante el silencio de su madre. Colocaron un letrero en el portón de la casa, pasaron la voz a todos los vecinos. *Basta de este bushkadero!*, dijo a los tres días mi abuela, rompiendo el absurdo luto por un animal. *Nora se eskapó, el Dio la guadre kon él*, le dijo una vez más a su familia. Me pregunto si no tuvo cargos de conciencia al ver a sus hijos con un aura pálida, medio insomnes; en especial a Milcho y a mi madre (que en ese entonces tenía siete años). *I esto va a pasar, no es mal de morir, no es prima istoria de perros desmazalados, pedridos.*

A la semana de este suceso, mientras la abuela fregaba el piso de la cocina, se escucharon unos gritos en la calle. ¡Lo increíble! ¡La perra había vuelto! Estaba más sucia que nunca y tenía una herida en el costado izquierdo. Cuando Milcho fue avisado de la llegada de Nora, enloqueció. Se abrazaban con frenesí. Nora lloraba, le lamía el rostro. Él gritaba, fuera de sí. Lydia, en cambio, se puso seria. Miraba de reojo la frustración de su madre. Rumen Arditi, el vecino de la tienda, reveló la historia. El fue testigo de cómo doña Victoria subió al faetón con Nora el lunes de la semana pasada. Poco después, ella tuvo que confesar la verdad. *Kale kudiarvosh a vozotros, no a esta perra ke me toma la kaveza.* Cuando conocí esta historia, Nora ya estaba muerta hacía años pero me parecía que yo ocupaba su lugar. Creo que a mi abuela le hubiera gustado dejarme en un bosque. Sólo que soy muy desorientada. Difícilmente hubiese sabido volver.

La cuarta pared

La familia Stem tenía una especie de patriarca, el abuelo Hilel, consagrado desde hacía años a su vida de rezos y oraciones. En su casa de Varsovia, en Polonia, el abuelo tuvo un sueño. Una escena breve, rodeada de pocas palabras, cimbró su vida:

—*Mein hoiz is oif fayer.* (Mi casa se está quemando.)

Eso le dijo en yidish el abuelo Hilel al rabino de Praga, su maestro, la noche del 6 de agosto de 1939, adentro de su sueño. El rabí le contestó en forma clara, escueta. Lo tomó de los hombros, lo miró a los ojos, lo sacudió con firmeza y le ordenó:

—*Guein aroiz!* (¡Salte!)

—*Ij kenen nit, is farmajt.* (No puedo, está cerrado.)

—*Guein aroiz!* —le repitió el rabino de Praga a su discípulo adentro de su sueño.

Al despuntar el día, el abuelo se vistió con la misma ropa y así salió a buscar a su hijo José, el único casado. La familia Stem vivía en Klodawa, sesenta kilómetros al occidente de Varsovia, en un tramo de la carretera que llegaba de Berlín. Era un pueblo de siete mil almas habitado por judíos y gitanos. En esa casa vivían Esther y José Stem (que además de primos hermanos eran esposos) con sus dos hijos: Marta, de seis años, y Abraham, de seis meses. El padre de José abrazó a su hijo, abrazó a su sobrina nuera, se sentó en la primera silla que le salió al paso y relató dos veces su sueño. Al terminar, sus palabras fueron rotundas:

—Es determinante. Saldremos de aquí hoy mismo.

José quiso calmarlo, que entrara en razón. Sin embargo, le habló con dulzura:

—No podemos irnos de aquí sólo porque tuviste un sueño, querido padre.

Esther se empeñó en hacerle ver que antes debían vender la casa y el negocio (una próspera tienda de granos). El abuelo Gilel movió la cabeza de un lado al otro. No hubo forma de matizar su reacción precipitada y radical.

La mañana siguiente, José y su mujer cerraron la casa, se llevaron ropa, documentos, algunos objetos rituales, unas monedas de oro y sus anillos de boda. El 15 de agosto llegaron a Gdansk. Allí tomaron el barco que los llevó a La Rochelle, una pequeña ciudad portuaria de la costa occidental francesa, hermosa, toda pintada de blanco. Diez días esperaron al *Queen Mary,* que los llevaría a Inglaterra. Sin embargo, a última hora no fue posible viajar. Tuvieron que cambiar sus pasajes debido a una desgracia anunciada esa misma mañana: el inicio de la guerra. El 1 de septiembre los alemanes invadieron Polonia justo por la carretera Berlín-Varsovia. Sus vecinos gitanos les notificaron en una misiva telegráfica: "No-vuelvan.-La-casa-vuestra-tomada-convertida-en-cuartel".

—¿Lo ven? ¿Lo ven? —les repitió el abuelo llevándose las manos a la cabeza y escuchando la sentencia de su sueño mientras sus labios repetían el *Shma Israel.*

Poco más adelante, a bordo de un navío estadounidense, cruzaron el Atlántico hasta alcanzar Ellis Island en Nueva York. Sin embargo, las autoridades migratorias se negaron a darles paso. Tras varias negativas y un sinfín de trámites, abordaron otro barco que navegaría con dirección al este de México. El barco ancló en el puerto de Veracruz. Ahí obtuvieron el permiso de admisión a ese país del que habían oído hablar tan poco en su vida de pueblo, en la dolorida Polonia de esos momentos. Es indescriptible la impresión que los sacudió al llegar una mañana de octubre de 1939 a ese trópico "tan caliente y musical". En el muelle escucharon por primera vez el sonido de la marimba tocada por un hombre oscuro y robusto que bailaba para ir de un lado al otro del instrumento. A Esther le gustó ver cuánta gente vestía ropa de manta. Pensó que al menos había igualdad.

A ocho días de su llegada, en una calle del puerto, a José lo picó un mosquito. Al poco tiempo tuvo fiebre, escalofrío, vómito, diarrea. Días después le diagnosticaron paludismo.

Todavía convaleciente, José conoció a la familia Covo, sefardíes franceses recién llegados. Hacía tres meses habían desembarcado en Veracruz huyendo de la guerra que también ellos presintieron. Comenzaron a tratarse, pero no se toleraban. Si el señor José Covo le hablaba en ladino, el señor José Stem contestaba en yidish. Nunca se entendieron.

—*El Dio que guadre a estos yidishikos. No saven kualo keren, me van a kitar loko.*

El señor José Stem decía otro tanto del señor José Covo:

—Un verdadero *nudnik*, la peste —le murmuraba José a su padre en yidish, esa lengua que nunca dejaron de hablar.

Al señor Gilel todo le daba igual. A sus años, la separación de Polonia lo sumió en un estado depresivo. Sólo los rezos y oraciones le devolvían momentos de firmeza y resplandor fugaz.

Ambas familias se enlutaron por la pérdida de sus seres más cercanos (aquellos que no fueron capaces de creer lo que estaba por pasar en Europa). En dos ocasiones se expresaron mutuos pésames y de inmediato se dieron media vuelta sin construir un puente de amistad.

Con el tiempo se establecieron en el centro de la Ciudad de México. Una familia vivía en la calle Jesús María; la otra, en Mesones. Mientras que en México la comunidad judía crecía y prosperaba, en Europa el número de cadáveres aumentaba en forma escandalosa.

Con una sonrisa forzada, durante un cuarto de siglo las dos familias se saludaron al encontrarse.

—*Ke el Dio guadre al yidishiko polako* —decía el sefardí en sus adentros.

—Persona extraña, la peste, *un nudnik* —rumiaba el ashkenazi—. Dicen que cuando Covo se subió al barco para llegar a México era sólo un vendedor, cuando se bajó del barco era francés y los humos alzados no se le bajan todavía. *Oivey!*

—*El sinyor Stem kome pishkado friyo. Es asko de ver i de goler.*

Al señor Stem, en cambio, le producían estertores las costumbres salvajes del sefardí. Por ejemplo, el que durante la Pascua judía el señor Covo osara trabajar y hasta llevarse de su casa una torta con pan bolillo. Un verdadero pecado durante esa semana en que la religión prohíbe terminantemente la levadura.

—*Wilde jaye,* un verdadero animal. Los sefaradim no son judíos, no son verdaderos yidish, no son normales.

Al señor Covo le reventaba que el señor Stem usara la palabra "yidish" como sinónimo de judío:

—*Se pensan el ombligo del mundo muestro!*

A veinticinco años de sonreírse con frialdad, el tiempo los unió de la manera menos previsible. No en los negocios ni en las fiestas judías, tampoco a través de amigos comunes, sino que el hijo del sefardí se enamoró de Alina, la hija del ashkenazi. Para mayor desgracia, resolvieron casarse. No fue fácil, comenzando con la decisión más primitiva: ¿qué se comería la noche de la boda? ¿*Guefilte fish* y *hering* o *bulemas* y *agristada*?

No aprendieron a quererse, pero sí a tolerarse, a tal punto que el sefardí aprendió a decir un par de cosas en yidish y el ashkenazi se enseñó a comer bulemas tras repetir con acento cómico y haciendo la mímica de quitarse el sombrero para dar a entender el sentido de su frase aprendida:

—*Kada uno saluda kon el tchapeo ke tiene.*

Pisapapeles

El futuro es pasado en perspectiva, la escritura del tiempo que sólo en apariencia desciframos. Conocemos los códigos, las letras que forman las palabras. Somos capaces de ligar una idea con otra, pero de pronto resbalamos al sinsentido. Comenzamos entonces a pasar el dedo en el polvo porque necesitamos imprimir nuestras huellas —o inventarlas—. Recuperar el sentido es una forma de reconciliación. La memoria: nuestro inquilino incómodo.

Distancia de foco

Entró por la puerta de la cocina para guardar una bicicleta enorme, de niño grande. La puso atrás de un mueble, pero no era fácil de esconder. La descubrimos casi de inmediato.

El regalo era para mi hermano. Años más adelante supimos que la compró a crédito y que se demoró en pagarla mucho más allá del tiempo en que la bicicleta se quedó en casa. Una tarde, después del colegio, mi hermano salió a dar una vuelta. Al parecer se atrevió a ir con ella más allá del punto al que ya no solíamos llegar sin la compañía de un adulto. Al traspasar una casa verde, después de la avenida, hay que cuidarse de los robachicos, según dice Carmen. Mi hermano se siguió de frente. En la esquina se topó con una niña tímida, con el delantal roto y la cara sucia. Era un poco mayor que él.

—Qué bonita bicicleta.

—Gracias.

—Si me dejas dar una vuelta, te doy un peso y una paleta.

—No te preocupes, te la presto así nada más; pero oye, es bici de hombres, a ver si puedes andar.

Ella le dijo que sí podría y, en efecto, se trepó sin dificultad.

—Voy a la otra esquina y vuelvo. No me pierdas de vista, ¿eh?

Dio vuelta a la derecha y nunca la volvió a ver.

Mi padre estaba leyendo cuando mi hermano entró con el rostro caído.

—Por favor, acércame ese vaso de agua.

Mi hermano se lo acercó y se quedó allí parado hasta que mi papá hizo a un lado el libro.

—¿Qué pasó muchacho, no tienes tarea hoy?

—Sí, sí tengo, pero vine, porque... me pasó... en la calle... algo... y yo... pues, perdí...

—¿Qué te pasó? ¿Qué perdiste? —le preguntó tocándole un hombro.

Mi hermano estaba mudo. Muy lentamente, con paciencia, mi padre le sacó las primeras palabras.

Al tener toda la información, al comprender que su hijo había descuidado de ese modo la bicicleta que aún no estaba pagada, se pegó con ambas manos la frente, tres veces, con pequeños golpes contenidos, y tomó aire antes de hablar subiendo cada vez más el tono:

—¡Qué descuido! ¿Te fías de cualquiera? No hay dónde buscar este *mó de animal*. Seguro ya la vendió o se la llevó *ande arrapan al güerco*. ¿Entendiste? Exactamente allí: *ande arrapan al güerco*.

Distancia de foco

Junto a la casa azul, cada viernes un indio vestido de manta se instala en la esquina con su burra. Lleva un banquito de madera. Allí se sienta a ordeñarla. Dicen que la leche de esa burra es buena para los huesos y si no la tomo, según Carmen, nunca voy a crecer. Me pongo la mano aquí, en la panza, y percibo cómo burbujea. Se oye el apretón. Un espasmo me paraliza. Carmen me prepara un cocimiento con anís estrella y unas hojas color verde seco; lo bebo de mala gana, convencida, como ella, de que me quitará el dolor; me empujo el vaso hasta caer en un sueño profundo y allí, entre esas capas, encuentro a mi padre sentado con su libro. Me sonríe, voy a abrazarlo, pero al momento de llegar a él, se pone de pie con un impulso sospechoso. Veo que le arrastra una cola larga.

—Papá, mira lo que arrastras.

Se toca esa extensión de sí mismo, una membrana viscosa como la encía de mi perra.

—Es doloroso ser tu padre, siempre andas fisgoneando qué me pasa.

—¿Por qué le gritaste así a mi hermano?

—Yo sólo puse la prueba y él la perdió. El resto de su vida cargará con esa niña. Mira que cambiarle una bicicleta nueva por un peso… pero bueno, sí, lo admito, yo mismo se la mandé.

—¿Tú le mandaste a la niña? ¿De verdad tú se la mandaste? ¿Y tú eres mi papá o eres un *dibuk?*

—Acábate esa leche de burra de una buena vez y deja de hacer preguntas día y noche.

Al despertar, de inmediato, corro a echar fuera un líquido viscoso, amarillento, hediondo. Nunca volveré a tomar leche de burra. Es asquerosa, y si me quedo sin crecer, al menos no será vomitando.

Mareada, con una sensación de asco en la garganta, mi padre me intercepta en el pasillo, me aprieta contra su pecho. Trato de cerciorarme si tiene una cola larga. Me parece que sí y trata de disimularla, pero no soy tonta, la percibo oculta en su pantalón.

—No te asustes —me dice—. Mejor vamos a repasar juntos las calles de la Ciudad de México: Río de los Remedios, Río de la Piedad, Niño Perdido, Callejón del Diablo, Callejón del Sapo, Calle de la Amargura…

Y se ríe con la boca bien abierta. Dice que en Bulgaria no hay un solo ladrón de bicicletas ni nombres de calles tan absurdos. Creo que mi padre quiere enloquecerme.

"El lenguaje simbólico es un lenguaje en el que las experiencias internas, los sentimientos y los pensamientos son expresados como si fueran experiencias sensoriales, acontecimientos del mundo exterior." Leo con voz apagada. Lo repito. En este momento inclino la cabeza, me doy cuenta de que hablo desde otro anillo del tiempo y que mi padre, desde hace mucho, no está aquí.

Molino de viento

Es una superficie de madera. Las piezas son de cartón duro. Decenas de pedazos. Es difícil distinguir el dibujo de cada pieza. En el extremo izquierdo, abajo, hay un listón que amarra un zapato negro. Arriba, un labio superior. Al otro extremo, una oreja. Hay pelo humano, hay olor.

Míralo, me digo a mí misma, porque va a desaparecer en segundos.

Observo y anoto: mi padre es de carne y hueso pero su mirada es un dibujo a lápiz.

Molino de viento

Camino por la orilla del mar. Es invierno y el aire penetra la ropa y me cala por dentro con una sensación de frescura y liviandad. En la arena están impresas las huellas del zapato de mi padre. Meto el pie en el hueco de arena aunque estoy lejos de llenarlo. *Dio Patrón del mundo… ke boi de piezes, bre.* Los pies de los mayores siempre parecen de gigante. La ruta marina por la que puedo seguir esas huellas es interminable. Sigo haciendo coincidir mis pasos con los suyos. Camino con ligereza varios kilómetros hasta comprender que los registros de sus pisadas comienzan a dispersarse, se vuelven delgados, sin curvas. El diseño de su zapato en la arena se transfigura por completo hasta perder la forma humana, pues esas puntas se ramifican por delante a modo de pequeños huesos o falanges cada vez más finas. De pronto desaparecen. De alguna manera entiendo que mi padre es ahora un animal del aire.

—*Hanum, no sé kualo esta bushkando anriva tu pápa…*

—No le digas pápa… es mi papá… Habla bien.

—*Ijika, los pásharos en vezes komen i karne.*

—¿Por qué comen carne los pájaros, abuela?

—*Por mo del ambre i su natura.*

—¿Qué come mi papá?

—*I él kome karne de moertos.*

—¿Estás loca? Mi papá no es un buitre.

—*Durme ijika, durme, ke no tengash malos suenyos kada noche.*

—Me quitas la miga del corazón, como tú me enseñaste a decir. Eres muy mala, abuela. Te voy a acusar...

—*I por esto va a volver tu padre. A komerte el alma va venir!*

Mi abuela lee sobre el abuelo de Kafka: "El carnicero *kosher* había sido un hombre de fuerza prodigiosa, del que se decía que era capaz de levantar un saco de harina con los dientes".

Pero yo sí quiero a mi padre y no es carnicero, abuela. En serio, ¿no lo entiendes?

Distancia de foco

De tanto repetir una historia, mi abuela Esther acaba por creer que es verdad. Hay un mecanismo en su cabeza que funciona en forma extraña. Es la protagonista de todo lo que cuenta y al cabo del tiempo se confunde tanto que ya no logra separar la realidad de sus enredos. No es raro que para salir del embrollo hable a gran velocidad y acabe por tapiar sus enredijos con una carcajada. De inmediato se pone seria y recomienza historia tras historia, cuento tras cuento. El vaso de leche de cabra que la mantuvo viva en su infancia, lo que le pasó ayer con el pollero de la esquina, lo que le dijo la vecina, su vida en Estambul junto a la mezquita de Ortakoy, su infancia en Esmirna frente al mar, su casa de Plovdiv, su historia de amor con mi abuelo. Todo es motivo de relatos complicados y de anécdotas inverosímiles, sobre todo si ella es el personaje central. Así me cuenta de la abuela de su madre, cuya prima era nieta de la hermana del bisnieto de la amiga que la reina Isabel tuvo en el siglo XVI. A mi madre le desespera que su suegra nos caliente la cabeza con tanta invención. Cuando comienza a envolvernos con ese tipo de historias, mi mamá huye a la salida a gritarle a la abuela desde allá:

—Voy a recostarme, al rato bajo por los niños.

Y entonces la vieja toma vuelo. Así me entero de que hubo judíos en España a los que se les llamó "marranos".

—¿Nosotros somos marranos, abuela?

—*No dimandes tanto, pasharika.*

—Mi abuela Victoria se queja de lo mismo, dice que pregunto muchas cosas.

—*Ama eya no esta bien del meoyo.*

—¿Está loca?

—*I si, hanum, es loka i media.*

Y eso me provoca un jolgorio difícil de ocultar. Esta abuela es muy ingeniosa para hacernos cómplices y ser siempre la predilecta. Sabe que eso le confiere mayor poder sobre nosotros y además ejerce, de buen ánimo, el dictado de lo que a su juicio debemos comer, saber y callar.

—¿Por qué está loca mi abuela Victoria?

—*Te dije ke no dimandes todo.*

—Dime, no seas mala…

—*De kualo va a estar loka? De kedarsen sin ombre kon tres kreaturas, de lavorar para la Kruz Korolada en la Gerra.*

—¿En la Cruz Roja? ¡Ah!, y ¿cuál guerra?

—*Kuala va a ser? La Prima Gerra Mondiala, ijika… Muncho tuvo ke ver en sanar a la djente i se izo mui nervioza…*

—¿Sabe inyectar?

—*De kualo no va a saber, hanum? Ya save, por esto es enfiermiera.*

—Nunca voy a dejar que me inyecte a mí. Mi abuela está loca.

Y se pone a cantar:

> *Ija miya, mi kerida*
> *no ti eches a la mar*
> *ke la mar esta enfortuna*
> *mira ke te va yevar…*
>
> *ke me yeve ke me traiga, amán, amán…*
> *siete puntos de ondor*
> *ke me engluta peshe preto*
> *ke me salve di tu amor*

Se me oscurecen las palabras de la canción: ¿que me trague el pez negro, que me salve de tu amor?

Tarareando al *peshe preto* y con las manos llenas de azúcar, subo a mi casa de prisa porque de pronto recuerdo una caja de fotografías guardada en lo alto del armario. Estoy segura de que ahí hay una imagen de mi abuela toda vestida de blanco, sí, cuando fue enfermera. Me dispongo a investigar. Logro bajar la gran caja de cartón desde lo más alto del armario: la destapo. Son decenas de fotografías con las orillas dentadas. Las imágenes son pequeñitas, casi todas en blanco y negro. Qué aburrido debió de ser para los niños mirarse siempre en esas fotografías pálidas, deslavadas, sin color. Paso las imágenes una por una. La mayoría son de mi familia materna. Aparece la escuela primaria de mi madre. Abajo dice "1929"; en otras vienen retratados días de campo con la familia y sus amigos allá, en Bulgaria, junto a una cascada; distingo gente de muchas edades, paisajes con lagos, nubes en el agua; y mi abuelo Ezra, que nunca se quitaba su levita y aquí, mi abuela Victoria, en una foto más grande, ovalada; ella sola. Se le nota perfectamente el brazo gordo, enorme. Aquí está. Tiene el ceño fruncido porque al parecer desde entonces estaba de mal humor. Lleva amarrado un pañuelo con una cruz. Es en blanco y negro. Entonces ¿cómo voy a saber si la cruz es roja o azul? ¿Por qué nunca me habrá dicho que es enfermera?

Corro a preguntarle por qué lleva en la fotografía esa cruz atada al brazo. Se golpea la frente con la mano y me pela los ojos con odio, pues registra que tengo la mano pegajosa, llena del dulce que me dio la otra abuela. Me mira como si fuera a matarme. Se nota, no quiere decirme, pero es enfermera, está vestida de blanco en el retrato. En la fotografía lleva un velo hacia atrás, recogido como si fuera de novia. (La novia viuda, la novia abuela, la novia enferma, la novia tuerta. Suerte que se pueden decir cosas con la boca sellada y nadie las escucha más que tú.)

—¿Sabes inyectar, abuela? Dime. ¿Por qué no me contestas?

—*Saviya, ama me olvidí.*

—¿Inyectabas soldados?

—*I soldados i soldadas i kreaturas impertinentes komo tu.*

Extenuación tragicómica de la convivencia en la más dulce de las lenguas. Me tomo la garganta con la mano derecha. Vocalizo. Digo "a, e, i, o, u". Hablo con mi garganta, es decir, le hablo a mi garganta. Me he quedado sola, aunque escucho voces adentro de mí. Cuando habla la voz maldita, enseguida me llevo la mano a la garganta, la palpo, le meto un poco de presión, le ordeno que se calle. No estoy perdiendo la cordura, sólo escucho voces que arrastro conmigo. Me riñen, discuten entre sí, se insultan. De pronto, me quedo dormida y el sueño me lleva a unas palabras que parecen arroparme en una idea obsesiva. No quiero criar pájaros en jaula, no quiero. Me ponen fuera de mí. ¿Estaré criándolos sin darme cuenta? Registro que la voz de la abuela me persigue de maneras distintas. Cuando la culpa me tuerce el estómago, me llevo la mano a la garganta y le digo "cállate". Luego viene una voz dulce, me murmura en ladino, me canta canciones de cuna y, sin embargo, ella está muerta hace más de treinta años.

Y dormida repito ideas que no son mías, aunque lo son porque me dan noticias de la existencia. Irrumpe la voz de la maldita, me lleva del miedo a la calma, de la calma al miedo. Cállate, habla; habla, cállate.

Alguien me dice en el sueño que debo escribir en ladino. Y entonces regresa esa oración que, ahora sí, parezco entender de otra manera.

Sólo me quedaron las palabras huecas, despedazadas; y en sus cáscaras vacías hice mi nido como el último pájaro.

Molino de viento

Cuando me convertí en una lectora, y no es algo que realmente ocurrió en mi infancia, encontré el testimonio de Kafka sobre su familia. Ya había olvidado que al morir su abuelo materno, obligaron a su madre, una niñita de seis años, a agarrar los dedos de los pies del cadáver y a pedir perdón por cualquier ofensa que le hubiera infligido. Con esa imagen me duermo y, claro, el sueño me orilla a la cama de mi difunta. Sólo que allí no soy niña, soy la mujer de ahora y mi abuela está echada, muerta, pero aún mantiene cierto acceso al lenguaje. La sábana que la cubre le llega a los tobillos y yo estoy frente a sus pies, deformes por la edad. Tengo que irlos tomando uno a uno para pedirles perdón, como si cada dedo fuese un pecado distinto, pero mi abuela sostiene al personaje adusto que fue y desde la plancha donde está tendida, recupera unas palabras para hacerme saber que mi oportunidad ya pasó. Tomo su dedo pequeño, el del pie derecho. No tiene uña. La piel descarapelada se queda en mi mano. "Perdóname, te lo ruego. Reconozco todo lo que aprendí de ti. El orden con el que organizabas las cosas, el gran ejemplo de rigor que siempre me diste y que tan mal he imitado." Silencio. Paso al dedo gordo y lo tomo con la mano, sé que adentro ya no hay sangre viva. Noto algunos pelos largos, les pongo encima la mano, les acerco mi voz. Deseo reconciliarme con la abuela, pero el sueño insiste en las palabras que me espetó en su cama. "No hay perdón." Al lado de su plancha de muerta encuentro el libro de Kafka que leí en mi juventud. Al azar me topo con un fragmento, lo leo allí, frente a los dedos del cadáver. El texto evoca los "admirables" rasgos del padre del joven Franz. Enumera su "fuerza, salud, potencia vocal, entereza". Enseguida remata los elogios al padre con un golpe:

> Y con todos los defectos y flaquezas que acompañan a estas cualidades y a los que tu temperamento, y a veces mal genio, te arrastran.

Dicho esto, la abuela mueve los diez dedos de los pies. A cada dedo le sale una pequeña flama. Me parece que son los famosos fuegos fatuos de los muertos. "Es mi última oportunidad, abuela. Sé que no te volveré a soñar. Yo te perdono. ¿Tú puedes perdonarme?"

Como esas películas que terminan con un final abierto, me incorporo a la vigilia sin conocer su decisión. Algo me hace sentir que a pesar de haber sostenido los dedos del pie del cadáver (como la madre de Kafka cuando tenía seis años), me desvanezco en mí y me reduzco a ese tamaño que tuvimos en la *chikez,* pues por mayores que nos hayamos hecho, siempre habrá un niño exhalando muy adentro y lo más probable es que soslayemos un verdadero diálogo con él, porque nos llena de zozobra una escena tan desnuda que amenaza con mostrarnos ante nosotros mismos como la materia frágil, indefensa, desgarrada que en realidad somos.

—Abuela, por última vez, ¿podemos perdonarnos?

Distancia de foco

Sobre los labios se le dibuja una delgada línea morada casi negra. Estamos juntas en el baño.

—Mamá, no te toques, te vas a lastimar.

Muy decidida, se lleva la mano a los labios para desprenderse esa cinta delgadita de carne morada sobrepuesta a sus labios. La sangre comienza a brotar y a escurrirle por la barbilla, el cuello, el camisón. Estoy a su lado, las dos frente al espejo.

—¡¡¡¡Auxilio!!!! ¡¡¡¡Que alguien venga!!!! ¿No me oyen? ¡¡¡¡Alguien!!!!

Llega mi hermano. Al abrir la puerta, siente perder el aliento al encontrarse con la tarja blanca enrojecida, ese olor a cuerpo abierto, y mi madre bañada por un rehilete de sangre. Le ponemos unas toallas húmedas, la acostamos, la tapamos. Al fin se duerme.

Amanece de buen ánimo, con una recuperación difícil de concebir. Las dolorosas secuelas de la quimioterapia parecen haberle dado un descanso esa mañana. Quiere comer cabrito y queremos complacerla. Vamos a un restaurante de la calle Querétaro de la colonia Roma: el Charleston. Come poco —y lentamente—. Vemos que le sienta de maravilla. Incluso le descubro un poco de color rosáceo sobre los pómulos consumidos y verdosos del cáncer. Nos toma de la mano.

—Me gustaría ir con ustedes al Desierto de los Leones.

Esas dos palabras, "cabrito" y "león", entran en mi memoria juntas, como si se tratara de una canción que aprendí de niña.

Llegamos alrededor de las tres y media de la tarde al Desierto de los Leones. Nos recibe un enorme letrero: PARQUE NACIONAL. Estamos decididos a dar una vuelta alrededor de un claro en el bosque, pero ella no aguanta, el frío la hace retroceder.

—Vayan ustedes —nos pide—. Yo los espero en el coche, bajo estos pinos que me regresan a mi niñez.

Nos alejamos por menos de diez minutos y al volver la encontramos envuelta en unos tallos largos que sólo crecen en esa época del año.

—¿Quién te trajo todos estos tallos, mamá? ¿Quién los metió al coche?

Nos contesta con una canción de la Pascua judía. La canta de corrido, sin interrupción, quizá por el efecto de haber ido al Charleston a comer cabrito. Nosotros sólo la acompañamos con la parte del coro.

I vino el gato i se
komió al Kavretiko
ke lo merkó mi padre
por dos levanim...

I vino el perro
i modrió al gato
ke se komió al Kavretiko
ke lo merkó mi padre
por dos levanim

I vino el palo i aharvó al perro
ke modrió al gato,

ke se komió al Kavretiko
ke lo merkó mi padre
por dos levanim...

I vino el foego i kemó al palo ke aharvó
    al perro,
ke modrió al gato,
ke se komió al Kavretiko
ke lo merkó mi padre
por dos levanim...

I vino la agua i amató al foego ke kemó
    al palo,
ke aharvó al perro,
ke modrió al gato,
ke se komió al Kavretiko
ke lo merkó mi padre
por dos levanim...

I vino el buey i se bevió la agua ke amató
    al foego, ke kemó al palo
ke aharvó al perro,
ke modrió al gato,
ke se komió al Kavretiko
ke lo merkó mi padre
por dos levanim...

I vino el shohet i degoyó al buey
ke se bevió la agua,
ke amató al foego,
ke kemó al palo
ke aharvó al perro,
ke modrió al gato,
ke se komió al Kavretiko

ke lo merkó mi padre
por dos levanim...

I vino el maláj amavet
i degoyó al shohet ke degoyó al buey,
ke se bevió la agua, ke amató al foego,
ke kemó al palo, ke aharvó al perro,
ke modrió al gato,
ke se komió al Kavretiko
ke lo merkó mi padre
por dos levanim...

I vino el Santo Bendicho
I degoyó al maláj amavet ke degoyó al shohet,
    ke degoyó al buey,
ke se bevió la agua,
ke amató al foego,
ke kemó al palo,
ke aharvó al perro,
ke modrió al gato,
ke se komió al Kavretiko
ke lo merkó mi padre por dos levanim...

Mientras ella termina con esta letanía, nosotros recogemos unas semillas ovaladas. Al llegar a la casa ponemos las semillas en un plato hondo color marfil y las guardamos para bordar su mortaja, que comienza sigilosamente a prepararse esa noche junto al *maláj amavet* (el ángel de la muerte), que pidió ser alimentado con el *kavretiko* del restaurante Charleston la tarde del 30 de noviembre de 1976. Fue la última vez que estuvimos juntos en la calle. Murió el 26 de diciembre, el día que mi padre hubiese cumplido cincuenta y dos, número sagrado para los aztecas. Lo consideraban el año del Fuego Nuevo, el paso de un siglo a otro, formado por esas cincuenta y dos vueltas alrededor del Sol.

Los únicos acontecimientos importantes de una vida son las rupturas. Ellas son también lo último que se borra de nuestra memoria.

Unas tres décadas después de estos sucesos, mi hermano y yo pasamos por la calle Querétaro. Ahora el restaurante se llama Nuevo Charleston. El primero, que sólo se llamaba Charleston, a secas, desapareció en el temblor de 1985. A unas cuadras de allí está una casa de la comunidad judía consagrada a lavar y a preparar a los muertos antes de llevarlos al cementerio. El rito se llama *rejitzá* (lavado del cadáver de un judío) y cuando mi nana Carmen oyó de esta costumbre, me dijo que se trataba de un bautizo de los muertos y que eso lo hacemos para aliviarlos.

—¿Aliviarlos de su muerte, Carmen?

—Sí, mi niña.

En el edificio contiguo a la *rejitzá* de la comunidad sefardí, en una vieja vecindad de la colonia Roma, vive un poeta, muy querido amigo y, en los corredores, al aire libre, tienen a un loro enjaulado que vive al revés, parado de cabeza; las garras están asidas a la reja superior de su celda, víctima del estrés de su encierro. Los vecinos lo llaman el *Payaso*. Me acerco a verlo, le chiflo y lo oigo repetir como perico: *Ke modrió al gato, ke se komió al kavretiko.*

Distancia de foco

De un complicado exilio, llega a visitarnos una vieja amiga de la infancia. Nosotros la conocimos de niños y le perdimos la pista durante todos estos años. Mi hermano hurga en su caja de fotografías y trae a nuestra mesa de celebración unas imágenes conmovedoras. Entre ellas hay una que me da un vuelco en el estómago. Es una típica fotografía familiar. Probablemente están sentados en una mesa de boda. Todos lucen elegantísimos; incluso mi tío, aquel desgraciado que me midió el tamaño de las tetas con sus manos sucias en el sótano de su casa. Mi madre es jovencísima; se parece a María Callas en una forma escandalosa. Mi padre fuma y sonríe y me mira a los ojos y le añade "esta cosa un tanto terrible que hay en toda fotografía: el retorno del muerto". Le devuelvo la foto a mi hermano con una sonrisa, pero él insiste en que no he descubierto algo esencial; debo observar con más rigor, descubrirlo por mí misma. Vuelvo a analizar la imagen. Le pregunto si se refiere al vestido de mi madre, a que ambos fuman, a que mi tío el tentalón lleva un anillo de mujer, a que le cortaron la cara al de la orilla, a que no habían empezado a cenar, a que se nota que la imagen es de los años cincuenta.

—Nada de eso —insiste mi hermano—. Analiza con más atención.

Después de enlistar otra serie de nimiedades, me rindo. Él toma la fotografía y me señala una especie de banderilla con el número de la mesa, el 26, ese número que nos ha perseguido de forma tan insistente en la vida y en la muerte. Y ahí está, sobre la mesa, pequeñísimo en la imagen, el número en sí, como algo señalado. Lo que de pronto descubro es la fecha de hoy: 25 de junio, son las once de la noche con cincuenta y ocho segundos. Miro cambiar la fecha del reloj digital hacia el 26 de junio.

—Esas casualidades numéricas han sido demasiado insistentes —dice mi hermano entrecerrando los ojos.

Para coronar este encuentro, ahora pone en mis manos un pequeño sobre amarillento. Dice HABIMA TEATRÓN. Es el nombre del teatro donde mi madre se presentó en diversas funciones de ópera en Tel Aviv. Lo abro. Acaricio con las yemas la tarjeta de las flores que le mandó mi padre el día del estreno. Está escrita en caracteres cirílicos y no puedo leerlo. Más abajo dice en inglés: *Best wishes* y la palabra "Rigoleto".

Un pequeño escrito, sobreviviente de décadas de olvido, guardado en una caja de cartón: un ahogado que se rescata y al respirar el aire de otra boca explota en un sollozo.

Teóricamente ya sabemos que la Tierra gira, pero en realidad no lo notamos; el suelo que pisamos parece que no se mueve, y ya vive uno tranquilo. Lo mismo ocurre con el tiempo en la vida. Y para ver cuán rápido huye aceleramos frenéticamente el tiempo de las agujas y franqueamos medio siglo en un segundo.

Y si acaso falta una pieza para mover el segundero, ajustamos el mecanismo con otras piezas. Me hubiese gustado ser la inventora de la clepsidra, el reloj de agua que usaban los egipcios especialmente durante la noche, cuando los relojes de sol perdían su utilidad. Los primeros relojes de agua eran una especie de vasija de cerámica llena de agua. El recipiente tenía un orificio en la base para permitir la salida del líquido a una velocidad específica y en un tiempo establecido de antemano. La vasija llevaba en su interior varias marcas, de tal forma que el nivel de agua indicaba los diferentes periodos, tanto de día como de noche.

Por ese orificio sale el líquido del tiempo donde me siento diluida en una desintegración placentera, igual que en ese ramo de flores que llegó al teatro Habima a finales de los años cuarenta, en la mesa marcada con el número 26, en los pómulos triangulares de mi madre muerta y en esos cigarros que se inhalaron aquella tarde o noche, durante el disparo de una cámara fotográfica. Trato de concentrarme en los giros de la Tierra y en el transcurso del tiempo sin poder percibirlo y sin poder huir de la constante rotación.

Aquí está, en este símbolo, el concepto de "sincronicidad" que Jung desarrolló para el *Libro de los cambios,* donde refiere la coincidencia de acontecimientos en el tiempo y en el espacio como algo bastante más complejo que una casualidad.

Deja estas bavajadas, hubiera dicho la abuela Victoria quien, por cierto, también apareció en una de las imágenes rescatadas. Otra vez adusta, con el pelo recogido, mirando a la cámara, sin sonreír. No sé por qué me recuerda a esas mujeres franquistas con la blusa cerrada hasta el cogote.

—Lo siento, abuela, tampoco has podido huir de la rotación y vuelves a nuestra mesa con la cara que siempre tuviste.

Distancia de foco

Con el cuerpo torcido, estoy tumbada en el sofá de la sala de espera del hospital, probablemente dormida, agotada. La enfermera me llama a las 6:50 de la mañana.

—Entra a ver a tu mamá —me pide.

Con los ojos arenosos que la adrenalina enseguida dilata, miro a mi madre tendida con las palmas de la mano boca arriba. Han cambiado de color. Parecen plumas de canario. Hay un reloj que está conectado a su pulso. Lo veo moverse en sentido inverso a las manecillas del reloj hasta llegar al cero. Hace días que ha perdido la conciencia. ¿Qué hay adentro de ella? ¿Imágenes? ¿Silencio? ¿Sensaciones? ¿Nada?

—Mamá, ¿y si te mueres? ¿Y si me quedo sin ti?

—¿Qué puedo decirte? He tenido una vida intensa. A pesar de las guerras y los traslados, a pesar de las pérdidas y de esta agonía, he vivido plenamente.

—¿Y yo? Por favor, mamá, no me dejes, no me quiero quedar sin ti, te necesito.

—Quizá logre curarme, quizá no. Tú tendrás tu propia vida y serás lo que quieras ser.

—Mamá, no me digas eso. Sólo dime que vas a reponerte.

El reloj está en "cero", la aguja ya no se moverá, entiéndelo, métetelo en la cabeza, el reloj es su pulso muerto.

Enseguida se agita el movimiento del cuarto de hospital. Una enfermera me ordena con frialdad:

—Despídete.

Me arrojo a su cuerpo tibio. No sé cuánto dura ese sollozo. Alguien me obliga a separarme, me arranca hacia atrás, como una pinza tirando con fuerza para separar al diente de la encía. No hay anestésico. El dolor se hunde sobre el cuerpo abierto. El grito sale de lo más oscuro, raspa el aire. Noto con la lengua las estrías de mi paladar, el aliento metalizado por el miedo. Una semana más tarde, después de haberme desgarrado la blusa, después de habernos levantado de los siete días, después de escuchar en los rezos matutinos y nocturnos su nombre en los labios de un rabino que apenas la conoció, frente a su retrato, buscando la verdad del rostro que tanto he amado, buscando las razones de una distancia inexplicable, inicio un diario de mi luto en el que escribo cada día, en tinta negra, una sola palabra sobre mi brazo izquierdo. Lo hago con una caligrafía cuidada, controlada, manuscrita. Conservo el brazo seco, lleno de mis palabras, y lo cubro para que nadie más lo vea. Primero escribo la palabra "nido" y alrededor de todo el brazo, arriba y debajo de esas cuatro letras, lo lleno de mi letra dolorida:

única/abrazante/bella/fugaz/aérea/luminosa/anhelada/
perdida/omnipresente/interna/huida/dulce/noble/triste/

Escribe Roland Barthes ante la pérdida de su madre, como si lo agregara a mi brazo escrito:

"De ahora en adelante y por siempre soy mi propia madre."

"La pena es egoísta."

"Todo lo que me impide habitar mi pena me resulta insoportable."

Molino de viento

La descubro en una avenida de la colonia Nápoles. Está a punto de cruzar la calle. Con una enorme emoción abro los brazos para saludarla. Me mira con extrañeza. ¿No te acuerdas de mí, mamá? ¿Ya no te acuerdas? La abrazo. Lleva puesto un vestido vaporoso que se mueve con el aire. Le recuerdo quién soy. Le muestro el lunar de mi cintura. Sonríe con lentitud. Expresa, si pudiera comprenderse, una rara mezcla de calidez y desapego. Se despide de mí porque el autobús que esperaba ya viene en camino.

Mamá, soy tu madre, soy tu hermana, soy tu hijo, soy yo, mira mis alergias inflamadas, mira cómo me doblego, mira cómo te canto, baila este vals, mira cómo aprendí tu idioma, mira cómo me deslizo en tu mundo, mira cómo llevo la estrella amarilla, mira esta bacteria que me carcome los brazos, mírame convertida en ti, mira cómo te persigo por la calle, mira cómo invento tu muerte, no me desconozcas, mamá, te traje un bolillo recién horneado, te traje una fotografía del campo de Dachau, te traje a mi hija, mírala bien, parece balcánica, como tú, mira, te traje una gota de sangre. Abre la boca.

Me sonríe con frialdad. Lo entiendo: mi madre me ha olvidado.

Prefiero curarme con las palabras de "La fugitiva" que me abren un consuelo al estilo Scherezada...

Como esos palacios de los cuentos orientales a los que llevan por la noche a un personaje que, conducido a su casa antes de amanecer, no debe encontrar la mágica morada y acaba por creer que sólo en sueños fue a ella.

Molino de viento

En medio de la lluvia tengo urgencia de hacer una llamada. Busco en cada esquina un teléfono público. El primero está en reparación; el segundo está lleno de gente; hay seis personas antes que yo. Busco un tercero, pero no doy con él. Vuelvo al segundo. Resguardada por un paraguas sacudido por ráfagas de viento, espero. No me pregunto por qué tanta gente a esas horas de la madrugada necesita usar un teléfono. Ráfaga tras ráfaga, hasta que la tela del paraguas se voltea como un tazón. Trato de enderezarlo cuando la persona que está hablando me identifica, me dice que tengo una llamada, que debo contestar. Me disculpo con todos: Lo siento, una disculpa, qué vergüenza, perdón, buenas noches, seré breve, con su permiso. Tomo el auricular: es mi padre. Me dice obviedades: han pasado tantos años, ya no me va a conocer cuando me vea. Su voz es nítida. Soy yo quien no puede reaccionar. ¿Estás allí? *Guay de mozotros, mi kreatura dorada… guay de mozotros ke mos separimos tanto… la tu kara, la tu boz, las tus manos miyas….* Pero, papá, ¿qué te pasa, por qué me hablas en ladino?

No puedo contestar todas tus preguntas, *ija miya, mi kerida, pasharika de kaveyos durados. Estamos buenos aki, todos estamos buenos i sanos. La tu madre siente muncho skarinyo.*

Le pregunto para cuándo me esperan. Dice que debo encontrar la forma de cruzar, que el barquero es el mismo desde los griegos, que el tiempo allí es un tiempo menos lineal, es un tiempo cuyas agujas se mueven en sentido inverso, que la clepsidra no tiene orificios, que no puede revelarme todo, que sólo le prestaron voz por un instante.

Ahora me habla con rapidez, en un español perfecto: dile a todos que están equivocados. Lo que pensaban de esta vida es apenas un esbozo. No hay lugar, sólo el tiempo nos reúne. Y sí. La existencia pegada con saliva es y no es aquello que pensábamos. Estamos bien, no dejes morir las palabras, tráelas contigo al río.

Una grabación habla del tiempo transcurrido. Atrás, quienes esperan, me ofrecen toda clase de pañuelos. Me hacen una valla de honor. Me dan agua, me secan la ropa, me toman de las sienes. Una mujer ya vieja me pide una moneda. Al lado del teléfono hay un charco que se agranda hasta hacerse tumultuoso; se hunde; al fondo logro distinguir la labor de los barqueros. Yo sigo en otro estadio, volveré a estos molinos de viento cuando tenga que hacerlo. Ni siquiera recuerdo a quién tenía que llamar. Por lo visto siempre estamos *rodeados de semidioses, de animales monstruosos*, de ideas fijas.

Molino de viento

Cuando el tren alcanza velocidad de crucero, logro quedarme dormida. Un frío rabioso se me cuela por los pies. Me agacho a ver qué pasa y ante mi asombro noto que el piso bajo mi asiento se agrieta, se resquebraja hasta hacerse un boquete del tamaño de un ojo que poco a poco va creciendo. Abajo, entre los rieles, se desplaza mi padre a la misma velocidad que el tren. Hablamos en un tono apenas agitado.

—¿Hoy cumples cuarenta y ocho años de muerto y sigues de viaje?

—Sí, hija, es mi último tren, pues hoy comienza a ser más larga mi muerte que mi vida. Ustedes no celebran eso, pero aquí es simbólico y se nos permite hablar con alguien del mundo por última vez.

Volteo a ver a los demás pasajeros. Duermen, todos duermen. El aire que viene de allá abajo agita las cosas sueltas; los cachetes de los pasajeros vibran como motores encendidos pero no se leen expresiones de inquietud.

—Vengo a despedirme. Hoy comienza otra vida y otra muerte.

—Suerte, buen viaje, caminos de leche y miel, papá.

—Lo mismo para ti, mi niña de cien años.

Ríe y ríe; el tren lo deja atrás, paulatinamente voy perdiéndolo de vista. Escucho sus últimas palabras, sus famosas últimas palabras. ¿Serán suyas en verdad?

—Si quieres soportar la vida, prepárate para la muerte.

Asumo de la forma más natural cómo se aleja mientras el piso vuelve a la normalidad para que yo duerma y sueñe con el sueño que comienza a separarnos. Para adormecerme, tomo la revista del tren dispuesta en el asiento frente a mí. Unos labios carnosos de mujer anuncian un color primaveral. Una textura llamativa invita a tocarlos. Al contacto con mis dedos, los labios se abren para decirme un último mensaje:

—El mozo aún la quiere.

—¿Qué? ¿Me hablas a mí? —le pregunto a los labios guindas.

—Escucha —insisten—: igual que un médium da a los muertos posibilidad de manifestarse, en el país de los muertos el alma experimenta una secreta vivificación y da forma a huellas ancestrales.

—¿Qué? ¿Podrías repetirme esto último? —le digo secretamente a la revista.

Pero los labios, como esos pétalos que cierran de noche, volvieron a sellarse.

Molino de viento

La música traspasa la ventana. Es una frase musical larga, con subidas y bajadas; forma una especie de cadena montañosa que puede seguirse con la vista y el oído. Entre la cadencia del movimiento surge una voz grave pero de enorme dulzura. Y sé que esa voz lleva en sus modulaciones una especie de llave capaz de abrir una placa de emociones latentes, sin manifestarse con claridad dentro de mí.

La voz de una contralto se dispara de los instrumentos que la acompañan para ocultarse después entre los trinos de los alientos. Vuelve la frase musical que establece su cadencia. La letra de la melodía comienza a clarificarse en nuestra mente. Percibo así que esas palabras vienen de otros mundos, de la lengua muerta de mis antepasados.

De pronto irrumpe, vestida con unos pantalones bombachos de seda cruda, mi madre. Lleva en la cabeza unos velos que acentúan su personaje teatral. Es tan joven que apenas puedo hablarle desde mi tiempo. Me avergüenza que me vea tan fuera de mi edad.

—Qué regalo es tenerte aquí, mamá, ¿cómo es que has venido?

—Sólo estoy aquí para recoger algo que olvidé.

—¿Y qué olvidaste, mamá? ¿Puedo hacer algo por ti?

—Perdí mi anillo de casada. Te acuerdas de los cocodrilos, ¿verdad?

—Mamá, no digas locuras, ¿qué cocodrilos? Vas a encontrar ese anillo, ya verás. Oye, ¿podrías volver a cantarme esa misma frase musical?

—No puedo.

—¿Cómo que no? Si has entrado aquí cantándola.

—Porque una sola vez y nada más.

—Me estás contestando con la voz de otra persona. Usa la tuya, por favor, mamá, no me inquietes.

Ella sonríe suavemente. De sus pantalones acremados saca un papel escrito con su letra de liceo, caligrafía alta, del mismo tamaño, controlada, activa. Y hace como si lo fuera a leer, pero me lo dice a los ojos, de memoria, hablando desde sus misterios:

—"Sino porque es mucho estar aquí, y porque al parecer nos necesita todo lo de aquí, lo fugaz, de manera extraña nos concierne. A nosotros, los más fugaces. Todo una vez, sólo una. Una vez y nada más. Y nosotros también una vez. Nunca otra."

—Mamá, me estás enloqueciendo, ¿por qué me lees poemas de otras personas? Canta, por favor, canta otra vez para mí antes de irte.

Y me muestra la hoja con el escrito que me acaba de leer. Sin embargo, las letras se borraron y aparece allí, entre los renglones, la revelación de un libro que ni siquiera se había escrito en ese entonces. Y leo en él: "La quiero con un amor penetrante, conmovedor incluso, como se ama y se rodea con los brazos a algo que va a morir".

—¿Es una predicción? ¿Por qué me enseñas esto?

—No lo sé. Me asustan las predicciones.

Por la ventana miro pasar una procesión larguísima. Llevan unos pergaminos. Mi madre se une a los cantos de la calle. Allí va, con su ropa teatral alzando la mirada. Desde abajo me bendice para hacerme entender sin un solo gesto que esta vez, de verdad, se ha ido.

Molino de viento

Soy yo, me reconozco en el espejo. Mido mi cara y compruebo la diferencia precisa entre la imagen reflejada y la real. Es mucho más pequeña la imagen del espejo. Ahora entiendo por qué los espejos engañan así.

Me siento al borde de la cama para tomar nota de lo que dice el diccionario enciclopédico: "Un espejo plano, un haz de rayos de luz paralelos, puede cambiar de dirección completamente pudiendo producir así una imagen virtual de un objeto *con el mismo tamaño y forma que el real*". Pero eso es inexacto, es mentira. Me mido la cara. Luego mido la cara en el espejo. Es mucho menor. No entiendo la ley física que produce este fenómeno. Lo repito con el mismo resultado, lo registro en renglones desordenados, a mano, cuando percibo una sombra crecer en la ventana. Es mi abuela trepada en una escalera con sus zapatos ortopédicos.

—Abuela, te vas a caer. ¿Por qué me estás espiando?

Y ella me contesta en un español perfecto, contemporáneo, correctísimo:

—Te he visto escribir todas las noches. Escribes a todas horas para completar un arco de tiempo y no te das cuenta de nada. Todos, también la lengua que pretendes retratar, estamos muertos. Tú me ves afuera, pero estoy en lo más hondo. ¿No lo entiendes? No quieres enterarte, ¿verdad? Tú escribes, pero ya estás muerta.

No tengo idea dónde aprendió a hablar así, en este español de hoy en día. La veo bajarse, recoger la escalera y desaparecer. Vuelvo a medirme en el espejo. Mi cara tiene veintidós centímetros de la barbilla al nacimiento del pelo. La imagen reflejada tiene nueve. Una confusión de ideas me ataranta. Cierro los ojos y veo todo rojo, un humo guinda, espeso, sigue allí al despegar los párpados. Abro los ojos pero estoy en otro mundo.

Siempre lo supe. No se ha definido científicamente en qué parte del proceso está el umbral en que se pasa de la vida a la muerte. "El proceso, aunque está definido en algunas de sus fases desde un punto de vista neurofisiológico, bioquímico y médico, aún no es del todo comprendido en su conjunto desde el punto de vista termodinámico y neurológico y existen discrepancias científicas al respecto." También lo sé. Me llevo la mano a la garganta. Trato de ubicarme el pulso. Quizá mi abuela esté en lo cierto y yo no existo y tampoco he comprendido los estratos desde los que puedo completar el arco familiar, condenado a un tiempo tan breve. El líquido de la clepsidra se ha salido del recipiente y, tiene razón la abuela, no capto lo que en verdad ocurre. Lo repito: "Por eso vine aquí. Porque me dijeron que podía inventar sus biografías". Si no es desde la vida, ¿desde dónde habré encarado esta sucesión?

Pongo la mano en la garganta. Es un soplido que agota y ya no recuerdo si el aire pudo sentirse al hablar mi voz.

Molino de viento

Llueve a mares. Sin embargo, una luz pálida se desliza por las persianas y teje líneas paralelas remedando la geometría que la sombra repite sobre el suelo. Se dibujan también los estambres de lluvia que parecen alcanzar el palacio de cera iluminado. Ah, sí, ese viejo palacio, estuve allí en otros tiempos, cuando mi padre cargaba en la espalda el piano vertical de mamá —como si sólo se tratara de una mochila—; en ese mismo palacio, hecho de la cera que una vela ha derramado durante treinta años, se cuadricula la ventana donde perfectamente cabe mi puño.

—Es del tamaño de tu corazón —me dice mi padre sin muestra de fatiga desde el fondo de su fragilidad.

Golpeo los bordes de la ventana que se abren al primer contacto. Allí, con el mismo cuidado que entonces, vuelvo a depositar los papeles que retiré y que necesariamente devuelvo al país donde el palacio de cera pertenece.

—Adiós —me dice mi padre con el piano a cuestas.

Atrás, con un abrigo negro y una pañoleta azul rodeándole el cuello, voltea mi mamá. Sus pómulos triangulares se elevan al sonreírme, coloca las manos abiertas hacia afuera justo a la altura de su rostro y las lleva de regreso a sus labios para besarlas como si, en ese movimiento, las manos hubiesen impreso una imagen sagrada; gesto parecido al de aquellas mujeres que saludan y honran los libros en los templos judíos llevando las palmas hacia afuera para besarlas después de haber tocado simbólicamente, en el aire, las escrituras sagradas. ¿A quién venera con ese gesto?, me pregunto, mientras el palacio de cera se hunde ahora en su propia desaparición. Pienso en esos juguetes de fantasía con un castillo sumergido en el agua que, al sacudirse con la mano, agitan decenas de papelitos produciendo una nevada. Por un instante, el castillo se oculta de nuestra percepción.

—¿Has devuelto las hojas al mismo pisapapeles? —pregunta mi padre al fondo de la escena. No alcanzo a contestarle, pues al intentar decir palabra, el sueño me ha arrojado, ahora sí, a otra realidad.

Molino de viento

Estoy pedaleando en mi bicicleta entre dos mayores: un hombre y una mujer. Sé que ellos me cuidan y eso me permite distraerme un poco de los coches y personas que circulan por la misma vía que nosotros.

Volteo al lado izquierdo y registro un hecho insólito: comienza a frenar en el carril de alta velocidad un tren que lleva inscrito el nombre en letras azul marino. Se llama *Pecio*. En el estado en que avanzo me doy cuenta que si no llegamos antes que el tren, nos veremos en una situación de riesgo. Pedaleo con todas mis fuerzas. Ellos, los dos mayores, bajan la velocidad y me hablan en cámara lenta:

—*Pedalea, hanum, pedalea fin al fin del mundo. Mozotros somos aedados, a dezir vedrá mozos ya estamos moertos, ama anda tu kon todo tu prestor.*

Por alguna razón sus palabras me dan confianza y me arranco con un vigor asombroso. Algo me obliga a meter la mano al bolsillo. Encuentro ahí el dibujo de aquel nautilo que guardé hace años. Lo toco con las yemas como si la representación de la especie más antigua de la Tierra pudiera conducirme en el viaje.

Del otro lado, después de horas y horas de camino, en una loma, tras haber atravesado un inmenso río de agua espesa, me topo de frente con dos sombras alargadas. He comenzado otro tiempo del viaje y les tiendo los brazos. Son ellos.

Llegaron antes y están en ese sitio para acogerme y hablar conmigo *en la lingua i los biervos* de ese país.

Allí no hay palabras —sólo balbuceos— y así comprendemos, como comprenden los ciegos, que otra vez estamos reunidos.

Sofía, Bulgaria, 2006-Ciudad de México, 2012

Agradecimientos

A Alejandro García Kobeh, por su ayuda tecnológica, pero sobre todo por la fatigosa tarea de mantenerme a flote durante el largo proceso de escritura.

A mi hermano Miguel, porque en un sentido vital y onírico me regaló varias historias (reales e imaginarias); a Heny Steinberg, por haber estado conmigo en la génesis del libro; a Luz Aurora Pimentel, a quien debo mi devoción a Proust tan presente en estas páginas; a Soledad Bianchi, por sus amorosas y dedicadas sugerencias que enriquecieron el escrito y evitaron diversos derrapes (los que permanecen son mi responsabilidad). También agradezco las lecturas o comentarios de Jacobo Sefamí, Margo Glantz, José Gordon, Jorge Esquinca, Adela Revelo y Mario Bellatin; y del otro lado del mar, los oficios solidarios de Merche Bellido y Xavier Rubert de Ventós.

Mi especial reconocimiento a los sobrevivientes y estudiosos del ladino, que me ayudaron a entender con más precisión el día y la noche de esta lengua.

MYRIAM MOSCONA

TELA DE SEVOYA

GUÍA DE LECTURA

POR

LIBIA BRENDA CASTRO

UBICACIÓN BIOGRÁFICA

Myriam Moscona nació en la Ciudad de México y pertenece a una larga estirpe de escritores que no empezaron
en una facultad de literatura —porque estudió comunicación—, sino en el oficio periodístico. Su herencia
cultural empieza en 1948 cuando sus padres, judíos sefardíes, deciden salir de Bulgaria como consecuencia de las
secuelas de la Segunda Guerra Mundial, pero el origen de
esa herencia se remonta a la España del siglo XV. Nació
en 1955, en una Ciudad de México que ahora se nos aparece como idílica; es el mismo año en que el 3 de julio las
mujeres votaron por primera vez en este país. Creció en
un ambiente familiar multicultural, en el que lo mismo
se hablaba búlgaro, ladino (ese pariente del español medieval que se formó a raíz de la diáspora judía) o español.

Myriam es, sobre todo y antes que nada, poeta. Aunque haya sido periodista cultural, traductora, conductora
de televisión, productora de radio, guionista y actriz.

UBICACIÓN BIBLIOGRÁFICA

Tiene en su haber los más importantes premios literarios
del país: el Premio Nacional de Poesía Aguascalientes,

por su libro *Las visitantes* (1988) y el Xavier Villaurrutia de escritores para escritores, justamente por la presente novela, *Tela de sevoya* (2012). Ha ganado también premios como el Premio Instituto Cultural México-Israel (2000) y *Regents Lecturer* en la UCLA, la máxima distinción que otorga la universidad a un creador no académico. Es miembro del Sistema Nacional de Creadores de Arte y fue becaria de la Fundación Guggenheim. Ha publicado varios libros de poesía, como *Último jardín* (1983), *El árbol de los nombres* (1989), *Las preguntas de Natalia* (1991, poesía para niños), *Vísperas* (1996), *Negro marfil* (2000), *El que nada* (2006), o *Ansina* (2016), un libro de poesía escrito en judeo-español y que puede leerse con la ayuda de un glosario, y es autora de varios libros artesanales de poesía visual, como *De par en par* (2009) o *Velo verde, Las dos tortillas* y *Norteada*. A propósito de *Negro marfil,* libro donde experimenta con el oxímoron que representa el color negro marfil y en el que hay también ilustraciones de su propia mano, fue editado por *Les Figues Press* en forma bilingüe en Los Ángeles *(Ivory black / Negro marfil),* obtuvo dos reconocimientos por la traducción al inglés de Jen Hofer en 2012: el que otorga el Pen American Center para el mejor libro de poesía traducido al inglés y el Harold Landon Morton de la Academia de Poetas Americanos.

Entre otras propuestas, *Tela de sevoya* busca traspasar las fronteras entre géneros literarios, incluso entre vivos y muertos, y por eso encontramos un trasvase entre sueño y vigilia, y una combinación de poesía, prosa, datos, crónica, memoria, lenguas e invención.

En 2006, la autora tenía en mente hacer un libro de poesía y para ese proyecto obtuvo una beca de la Fundación Guggenheim. Con ese objetivo viajó a Bulgaria, en un juego de espejos con aquel Juan Preciado que fue a Comala porque le dijeron que allá vivía su padre, un tal Pedro Páramo y también con Telémaco, que tuvo que ir hasta Esparta en busca de Odiseo; con la salvedad de que Myriam Moscona sí sabía cuál era el destino de su padre, pero de todas maneras buscaba su origen, las casas donde habían vivido sus antepasados. En casi todas las entrevistas que le hicieron con motivo de la novela, ella dice que había jurado: "Yo nunca voy a escribir una novela", seis años después de empezar este libro tuvo que hacerse a la idea de que en la editorial le llamaran "la novela" y recién publicado el libro, ganó el Premio Xavier Villaurrutia, como novela. Ahora, "a su manera este libro es muchos libros" (esta es una cita de *Rayuela*, pues *Tela de sevoya* podría muy bien leerse en un orden subvertido, diferente al propuesto por la edición en el libro que tenemos en las manos), pues está conformado por textos breves o brevísimos de más de un género literario, cuyo conjunto forma una figura completa; y es esto, más que una estructura no tradicional o una trama de suspenso, lo que convierte a esta novela en una narrativa novedosa, poco común a nuestros ojos lectores. Quizá sin proponérselo, Myriam Moscona haya dado un giro en la novelística mexicana, gracias a su oído y a su intuición literaria.

LA CASA

Hay un cuento, "Historia de los dos que soñaron",[1] que relata cómo un hombre, haciendo caso de un sueño, atraviesa desiertos y enfrenta peligros con tal de ir en busca de "su fortuna", sólo para encontrar que bajo la higuera de su propio jardín ha habido siempre un tesoro. Myriam Moscona encarna, en cierto modo, a ese hombre: ella fue a una tierra lejana en busca de los orígenes de su familia para encontrar que el corazón de su proyecto literario se hallaba en la casa en que creció.

Nuestra primera casa es el lenguaje, aprendemos a decir el mundo y al nombrarlo no sólo lo asimos y lo definimos, sino que lo creamos cada vez que volvemos a pronunciarlo. El lenguaje, además, nos moldea y conforma nuestra estructura más profunda. El reconocido lingüista Noam Chomsky dice que el lenguaje es un instinto básico en el ser humano; el poeta Fabio Morábito dice que a tal grado estamos construidos por nuestra lengua materna, que no sólo hablamos en ella, sino que también reímos, lloramos y, por supuesto, soñamos en el idioma con el que crecimos (también se afirma que incluso nuestra expresión corporal se vería afectada por la estructura de la lengua materna, así, no puede ser lo mismo caminar en español que en chino, por ejemplo).

---

[1] "Historia de los dos que soñaron", de Gustav Weil, en *Antología de la literatura fantástica,* compilada por Jorge Luis Borges, Adolfo Bioy Casares y Silvina Ocampo.

La casa de la autora de *Tela de sevoya* está en México, siempre ha estado aquí, pero ella, igual que la protagonista sin nombre de esta novela, tuvo que ir al otro lado del mundo a confirmarlo, en un acto que entraña una forma del descubrimiento. Y como decir la casa es decir también la lengua, hay que aclarar que la casa de la protagonista es el español mexicano, pero en ella hay una habitación muy importante en donde se habla ladino o español sefardí y en la que habita su abuela materna; ese único espacio es la casa entera de la abuela Victoria y en ella vivió durante muchos años con toda su familia, antes de salir de Bulgaria rumbo a un país que era *"Meksiko [...] solo un payis ke de la banda izkyedra le enkolgava una lingua larga kon el nombre de la Basha Kalifornia"*, como describe a México Esther Benaroya, la abuela paterna de la protagonista. En la casa particular de Myriam Moscona debe haber también una habitación en la que se habla judeo-español, una lengua que se mantuvo viva desde el siglo XV y que se extendió por varias partes del mundo gracias a que los judíos expulsados llevaron a cuestas, como el caracol, su español medieval en 1492 (el mismo año de la llegada de Colón a este continente y de la *Gramática de la lengua castellana* de Antonio de Nebrija, la primera gramática de una lengua romance). Todo un pueblo en el exilio, que muchas veces se ha visto en la necesidad de mantener sus tradiciones y su identidad a puertas cerradas. El ladino, aunque haya intercambiado vocablos con otros idiomas, se mantuvo en cierto modo estable durante quinientos años, ya que las lenguas cambian de manera natural y se mezclan entre sí, crean nuevas palabras o modifican las que ya poseen, como pasó con el latín que se fue transformando hasta derivar en italiano, francés, español y otras lenguas romances.

Sin embargo, en la actualidad la Unesco incluye el sefardí en su *Atlas de las lenguas del mundo en peligro*,[2] y es posible que desaparezca en una o dos generaciones más, porque ya no hay niños que lo hablen, es decir, no se está renovando ni se ha transmitido a las nuevas generaciones ni tiene una ortografía canónica. La protagonista de *Tela de sevoya* crece escuchando este idioma, y otros más (el búlgaro, por ejemplo) y lo entiende perfectamente, pero no lo habla, es decir, no lo ejecuta; los diálogos que tiene con su abuela son bilingües, la adusta y anciana Victoria la interpela en ladino, pero la niña responde en español; incluso mientras duerme, hasta cuando sueña con su padre (y cuando él le habla en ladino ella se extraña), ella habla, responde, articula en español.

Del mismo modo, Myriam Moscona creció en una familia multilingüe y entiende, habla y hemos visto que escribe en ladino, aunque su lengua materna sea el español, esa primera casa que comparte con nosotros, sus lectores. Sus padres no nacieron en México, tampoco sus abuelos, y es fácil imaginar que cuando llegaron a vivir a México lograran comunicarse con cierta soltura pues las dos lenguas, a pesar del tiempo y, literalmente, de la

---

[2] Este descorazonador Atlas puede consultarse en línea: http://unesdoc.unesco. org/images/0018/001894/189453s.pdf

distancia resultan muy semejantes; pero no fue necesario que ella llevara a cuestas su casa a ningún lado. Puede que esa también sea una de las razones por las que el ladino represente, como dice la propia autora, una llama que lleva más de treinta generaciones pasando de mano en mano y que parece que está cerca de extinguirse; si la generación que ya nació en los países a los que llegaron esas familias hablantes de judeo-español se sienten en casa, si ya no tienen planes de volver a una hipotética patria que ya no es la suya, tampoco necesitan mantener una lengua que ya no les pertenece de la misma manera, ya no es su casa, no nacieron ni crecieron arropados en ella; saben entenderla, escucharla, descifrarla, pero no la usan para comunicarse en su vida cotidiana, no la practican y no la guardan, no la conservan; como no se conservan muchas otras pertenencias heredadas que, con el tiempo, han perdido su uso original y acaso su utilidad.

La fortuna de textos como este radica en que cada lectora, cada lector de *Tela de sevoya* sabe ahora un poco más sobre su propio español (en España, en México, en otras partes de Latinoamérica) y el de sus antepasados e incluso sobre el idioma que podría parecerse al de Alfonso *el Sabio*, porque, aún en el siglo XXI, mantiene ecos de ese español medieval en las voces de algunas de nuestras abuelas y seguramente de muchos que viven en zonas del país en las que los cambios léxicos son mucho más lentos; así cuando la gente dice "desdendenantes", "muncho", "mesmo", "haiga" está hablando con palabras que se han mantenido casi intactas durante medio milenio y que tienen un vínculo más fuerte con ese español sefardí que con el español contemporáneo.

ESTRUCTURA DE LA OBRA

Como ya se dijo, esta no es una novela tradicional, no obedece a la estructura usual de una novela, aunque sí cuenta una historia que se entreteje con otras; tampoco está compuesta por capítulos sucesivos, más bien por campos semánticos cuyo orden no sigue un trazo obvio ni una distribución homogénea. Hay seis temas que se distinguen por su nombre, donde tradicionalmente iría el título de un capítulo, sólo que en este caso se usan esos seis títulos para encabezar cada fragmento y se van repitiendo a lo largo de toda la novela (aquí se ponen ordenados por frecuencia de aparición, de mayor a menor): "Distancia de foco", "Pisapapeles", "Molino de viento", "Del diario de viaje", "La cuarta pared" y "Kantikas".

Distancia de foco. En la fotografía la distancia focal tiene que ver con la cercanía o lejanía con que se aprecia un objeto y con la nitidez con que aparece, en la foto, lo que rodea a ese objeto (no es lo mismo hacer un *zoom* a una flor y que el resto del campo se vea borroso, a hacer una toma panorámica de unas montañas en la que todo el paisaje se ve con claridad). La autora lo usa como título para los fragmentos relativos a la memoria y así vamos hilvanando la historia de la protagonista y la de su familia, desde que ella es niña hasta la muerte de su madre.

Eso no quiere decir que no sean ficticios, nunca sabremos en qué medida esa memoria pertenece a la escritora o al personaje solamente; ¿habrá Myriam convivido con una abuela sombría y de corazón enjuto?, ¿sería así como, años antes, esa misma mujer anciana se llevó a una perra a un suburbio de la ciudad de Sofía para quitársela a sus hijos?, ¿será a la autora o al personaje a quien llevaron a la Villa en busca de un pequeño milagro (y que acabó por encontrar a su nagual)? ¿Será todo pura invención?

Pisapapeles. Un pisapapeles es un objeto útil (es también un objeto cada vez menos frecuente en escritorios con cada vez menos papel en ellos), su nombre se explica solo. Si hubiera que mantener a salvo varias resmas de hojas sueltas, cada una podría tener encima una de esas gotas enormes de vidrio soplado, tan frecuentes en las casas de los abuelos, que servían además para jugar a ver el mundo invertido. En la novela, se engloban bajo este título varios ensayos históricos, reflexiones sobre el ladino, datos duros sobre la cultura alrededor de la cual se entreteje esta narración. Son los resultados de una investigación que se adivina exhaustiva, y en ellos hay desde recetas de cocina hasta el texto de la sentencia de expulsión con fecha del 31 de marzo de 1492.

Molino de viento. Los molinos de viento pueden ser monstruos, bien lo sabía don Quijote, y aquí los sueños pueden ser pesadillas, ambos deben combatirse con convicción, aunque uno acabe arrojado por los aires. Se adivina que esta puede ser otra de las ramas en las que hay más ficción, aunque asistimos a un lenguaje y un ritmo más pausados, como subacuáticos, como son siempre los pasajes oníricos. Este solo campo semántico podría muy bien conformar, de modo independiente, una libreta de sueños (como el *Cuaderno de noche* de Inka Martí) y funcionar como una unidad propia.

Del diario de viaje. Todos los diarios se escriben para que los lea alguien (Ibargüengoitia decía que incluso los diarios íntimos esperaban una lectura). Estos fragmentos, presentados en forma de crónicas, nos llevan por un recorrido a través de varios países, encuentros, sincronías. Varias de las partes más emotivas pertenecen a este campo, de una emoción distinta a la que encontramos en "Distancia de foco", acaso porque parecen pasajes más recientes, además de pertenecer al terreno del viaje, y cuando se busca, cuando se viaja, a veces tenemos los sentidos más agudizados y prestamos atención a cosas que normalmente no veríamos; es un estado diferente del de la memoria, en el que los recuerdos más emocionales tienen una tesitura distinta.

La cuarta pared. En el teatro y en el cine la cuarta pared es donde está el público (las otras tres serían las del escenario que rodea a los actores); tradicionalmente, para mantener la verosimilitud interna de lo que se representa, los actores no se dirigen al público, excepto cuando así lo indica el guion o el texto, para crear un efecto dramático específico. Estos textos son también fragmentos, pero cuentan historias que, en un principio, no sabemos muy bien cómo se relacionan con la historia de la voz narrativa de "Distancia de foco", o con la misma voz que registra los hechos en "Del diario de viaje". Hay una primera persona, sí (varias primeras personas, en realidad), pero son personajes con nombre que no conocemos y cuyas intervenciones están fechadas a principios del siglo XX; pero van entretejiendo su propia historia hasta que terminan convergiendo en una mujer, Sarota Karmona. Y, en una irrupción de la ficción en la realidad mediante distintos estratos (como capas de una cebolla), ese nombre rompe la cuarta pared para hacer contacto con la narradora.

Kantikas. Un vocablo que remite a las cantigas medievales, y que quiere decir canción (canciones). Fragmentos totalmente líricos o alusivos a la lírica, escritos todos en sefardí. Casi ninguna tiene título. Parecen ejemplos de lírica popular o coplas para cantarse una y otra vez.

Con relación al orden, pareciera que los capítulos están distribuidos para generar en el lector cierto estado anímico o para tener un impacto determinado que no necesariamente va marcado sólo por el avance de la historia que cuenta la protagonista, a partir de distintas herramientas narrativas o literarias. Al principio hay intercalados, con un cierto ritmo rápido, capítulos de memoria y de diario de viaje, en el afán de contarnos la historia y darnos datos en varios niveles. Pero hacia el final, después de que asistimos a la pérdida de la madre, un último ramalazo de dolor que nos dobla también a nosotros, se encadenan varios molinos de viento en una sucesión que parece dejarnos en el terreno del sueño, para salir del libro de manera distinta a como entramos. Empezamos por los datos, la aventura y el dibujo familiar, y terminamos en un terreno movedizo, onírico, incierto, fuera del mundo de los vivos.

Este es un libro cuya materia prima es el lenguaje, sí, pero también la memoria, y además de que "Hay mundos más reales que el mundo de la vigilia", hay también recuerdos que son más sueños que hechos reales.

PREGUNTAS

- ¿Cuáles son las pistas que nos da el inicio del libro sobre la historia que estamos a punto de leer?,
  - ¿Y sobre la protagonista?
- Para Esther Benaroya el español que se habla en México *Ama aki lo avlan malo, malo... no saven dezir las kozas kon su muzika de orijín*, ¿por qué a ella le parece que las palabras de aquí "no se dicen con su música de origen"?
- La voz que habla en "Distancia de foco" ¿es la misma que habla en "Del diario de viaje"?,
  - ¿Podemos saber que esa niña es la misma que viaja a Bulgaria?
- En los pasajes oníricos de "Molino de viento", todo tiene una tesitura semejante, ¿será un tono de angustia, de melancolía, de soledad, de incertidumbre?
- En la primera parte de la novela, la protagonista cobra venganza de un tío abusivo y repelente; pero luego, en la página 274, vuelve a aludirse a aquel mismo tío en un pasaje de "Distancia de foco"; ¿este tipo de

traspasos suceden en otras partes de la novela?, ¿en qué otros fragmentos de la novela se menciona o se alude a hechos de campos semánticos diferentes?

- En "Molino de viento", el sueño termina cuando la protagonista levanta un pisapapeles. ¿Qué rompecabezas se va armando conforme avanzan los segmentos titulados "Pisapapeles"?, ¿qué historia se desvela poco a poco ante nosotros?

- Entre las reflexiones que se hacen, una de las preguntas es si una lengua tiene un tiempo, ¿cuál sería el *tiempo* del español que usa la narradora, es el mismo tiempo del sefardí?, ¿el tiempo de la niñez es el mismo de cuando ya es una adulta?

- A lo largo del libro hay citas y ecos de varios autores, entre ellos están Proust, Cioran, Roland Barthes, Jung o Anna Ajmátova. ¿Qué detona estas asociaciones en la voz narrativa?, ¿por qué dice que recuerda, piensa o vuelve a las palabras de estos escritores?

- ¿Cuál es la relación de la protagonista con su madre?, ¿y con su hermano?

  o ¿Cómo es el recuerdo de su padre?

- A contrapelo de las abuelas tradicionales, aparece la figura de Victoria. Para la niña de la novela (y para la adulta que visita esos recuerdos familiares), esa mujer representa una figura ominosa y oscura. ¿Por qué la abuela Victoria es una mujer tan dura, tan seca y difícil? ¿Tenía ya el corazón endurecido desde antes de su migración obligada?

  o ¿Qué descubre la niña cuando pregunta si su abuela era enfermera?, ¿es posible que ese pasado envuelto en una situación de guerra, haya tenido que ver en su endurecimiento?

- La abuela paterna, Esther (de quien su nuera dice que está loca), parece más cercana a la niña, ¿cómo la ve la protagonista?, ¿por qué dice que hubiera preferido vivir con ella y no con su abuela Victoria?

- ¿Por qué la abuela Victoria contesta en su lecho de muerte, ante la petición de perdón de su nieta: *"No. Para una preta kriatura komo sos, no ai pedron"*?

  o ¿Y por qué le dice que ella mató a su padre y por qué la maldice?, ¿por sadismo, para asustarla?, ¿era el suyo un afán mal entendido y peor ejecutado de disciplinar a su nieta? No hay respuesta correcta ni aclaración tajante posible, pero un personaje tan extremo y tan aterrorizante merece una reflexión lectora que no se quede sólo en la calificación.

  o ¿Por qué, después de todo, un ser humano se siente empujado a hacer lo que hace?

- ¿Cuál es la lección que, a pesar de todo, la nieta recibe de esta abuela tan dura?

- De la página 130 a la 139 de la novela, hay un "Pisapapeles" y dos segmentos "Del diario de viaje" que hablan de la ortografía del judeo-español y de las opiniones que tienen varios personajes al respecto. ¿Por qué resulta aparentemente insalvable el problema de que este idioma se escriba de una sola manera?, ¿será posible que lleguen a escribirlo igual en todos lados?

  o ¿Por qué los lectores que no conocen el ladino y no tienen referencias anteriores, pueden entender las kantikas y los fragmentos citados o escritos en esta lengua?

- A lo largo de la novela hay pasajes oníricos que apuestan, como en los sueños reales, por un lenguaje totalmente simbólico, ¿tendrán estos pasajes varias interpretaciones, como a veces tienen los sueños?, ¿apelan a un código cerrado o entrañan significados que podemos desvelar?

- En "Distancia de foco", la protagonista descubre por qué se acaba de mudar muy cerca del Panteón Jardín: "Allí, tras los cipreses, habían enterrado a mi madre hacía once meses y, sin percatarme, elegí esa casa, justo frente a esos árboles, para estar más cerca de ella, sin el menor diálogo conmigo, como un hechizado que sigue una orden", ¿también estas manifestaciones evidencian de una voluntad que subyace bajo la conciencia?

- Pasa algo semejante con el trozo de papel que encuentra la protagonista, adulta, cuando lee a Walter Benjamin y recuerda un pasaje de su infancia. ¿Qué clase de convergencia opera en ese momento, en el que se agolpan la catarina, las voces de la madre y la tía, las manifestaciones físicas de la alergia?, ¿tiene todo esto que ver con esos preceptos junguianos de sincronicidad y de inconsciente colectivo?

- Independientemente de que la narradora lo mencione de modo específico, ¿este mismo principio se puede encontrar en otros segmentos de la novela?

- Cuando la protagonista y su hermano llevan a su madre, en una etapa muy avanzada del cáncer, al Desierto de los Leones, la madre entona una canción de la Pascua judía. ¿A qué ronda infantil se parece esta canción en la que hay una ristra de personajes que se encadenan entre sí?
- Hacia el final de la historia (no lineal, pero sí nítida), ¿qué descubre la protagonista y qué nos muestra a partir de su diario de viaje?,
  - ¿Qué descubrimos nosotros, de su mano, no sólo gracias a lo que se consigna en el diario, sino a lo que se ve en "Distancia de foco", los cabos que se atan de los "Pisapapeles"?
- ¿Encontró la viajera todo lo que fue a buscar al otro lado del mundo?
  - Cuando fue a Bulgaria, a Turquía, a Grecia, ¿buscaba la casa de su padre solamente? ¿En qué estaba convertida la que fuera la casa de su madre?
  - ¿Encontró más cosas, además de esas que había ido a buscar?
- ¿Es este viaje que seguimos en la novela un viaje iniciático?, ¿es un viaje de otro tipo?
- ¿Cómo es que todos los fragmentos tienen sentido dentro del libro, qué los une?
- ¿Se arma completo el rompecabezas planteado al principio de la novela?
- Cuando la novela termina, ¿cuál es la sensación que nos deja?, ¿salimos de ella igual que como entramos?

CONCLUSIÓN

La *sevoya* de Myriam

Sabemos que el origen de la literatura es oral. Antes de que tuviéramos un alfabeto o escribiéramos en pergamino y mucho antes de que existieran los libros, ya había literatura; los textos se aprendían de memoria y se recitaban en voz alta, lo que funcionaba como herramienta para reproducir un texto, al mismo tiempo que para preservarlo. Lo sabemos, pero se nos olvida que por esa razón la literatura también se escucha; porque ahora, en cambio, nuestra tradición como lectores está fincada en el silencio, la lectura moderna se considera un acto callado. Sin embargo, si tenemos suerte, aprendemos a escuchar; la poesía, por ejemplo, debe escucharse (este no es un deber como una regla a seguir de manera didáctica, es un modo de hacer que allane el camino); a veces uno cree que no entiende un poema, pero cuando lo escucha en voz alta lo percibe, conecta con su cadencia, con el sonido de las palabras y con el ritmo que transmiten (independientemente de si nuestro intelecto comprende o no lo que esas palabras, en cierto plano, dicen), por eso se habla de la música del lenguaje.

Esto viene a cuento porque en esta novela hay pasajes que sería mejor escuchar, como los que están en ladino, porque así tendríamos una relación mucho más directa con lo que se dice y con la musicalidad de esa lengua. Y que Myriam Moscona proviene de una formación poética, lo que resulta en una prosa muy limpia, cuidadosamente labrada, que, sorprendentemente, se mantiene a lo largo de las casi 300 páginas del libro. Tal vez ella misma leyó en voz alta sus capítulos o fragmentos, para saber cómo se escuchaban, para decidir si funcionaban bien, porque para un poeta lo más importante será siempre el lenguaje, esa materia prima que no sólo es fondo, sino forma.

Lo tercero está representado en el título mismo de la novela. Una cebolla está hecha de varias capas, si empezamos a deshojarla tenemos que ir de lo superficial a lo más profundo. El tejido de cada una de esas capas es translúcido, delicado, suave a pesar de ser fibroso; es también aromático, picoso (hay quien no puede evitar lagrimear cuando corta cebolla). Según se consigna en uno de los segmentos de "La cuarta pared": "Así es la humanidad entera. *El meoyo del ombre es una telika de sevoya.* Así me decía mi *vavá* para hablar de la fragilidad de la mente, de *la alma* humana". Pero también la memoria es una cebolla hecha de capas de tiempo y de sucesos, y a veces nos sorprende lo que hay en las capas más profundas, esas que no se ven a la primera, sino que hay que encontrar con paciencia.

Esta novela es también una cebolla, está compuesta por varias capas de la lengua española, el sefardí acaso una de las más profundas, otras capas de memoria, de articulación literaria, de artificio del lenguaje, de hechos históricos, de episodios de dolor, de canciones, de citas de otros escritores, de nombres, de momentos de incertidumbre o de terror; y cada una de estas capas es delicada, translúcida y permea el contenido de las otras capas que la envuelven y a las que envuelve. A lo largo de toda la novela, las voces, los recuerdos, las imágenes se pasan de un nivel narrativo a otro y lo que se enunció en un fragmento de literaria realidad, pasa luego a formar parte de la historia o alguna escena del mundo onírico se manifiesta más adelante en el plano que, dentro de la ficción, es el real. Todo en esta novela está armado alrededor de un mismo centro, y por eso no importa cómo están superpuestas las capas, sino que tejen una historia que tiene vasos comunicantes con otras historias literarias y no hacia dentro y hacia fuera del libro; el resultado es una *sevoya* en toda forma.

RECURSOS

Esta es la ficha de la autora, muy completa, en la *Enciclopedia de la literatura en México:*
www.elem.mx/autor/datos/1806

- De esta misma ficha, uno puede enlazar los audios que grabó para *Descarga Cultura Unam,* donde lee algunos pasajes de la novela y que se recomiendan con mucho énfasis, para familiarizarse con el sonido dulce y arcaico del ladino.

También se puede escuchar la entrevista que le hace Sandra Lorenzano, en este programa de radio:
enbuscadelcuentoperdido.blogspot.mx/2013/02/142-miriam-moscona.html

Mi sonido más remoto. El discurso que leyó la autora cuando recibió el Premio Villaurrutia. Publicado en la *Revista de la Universidad de México*, Núm. 111, mayo de 2013: www.revistadelauniversidad.unam.mx/articulo.php?publicacion=16&art=386&sec=Art%C3%ADculos

Aquí una reseña de *Tela de sevoya*, en *Letras Libres*, de Mauricio Montiel: www.letraslibres.com/revista/libros/tela-de-sevoya

Y aquí otra reseña, del periódico español *La vanguardia* www.lavanguardia.com/cultura/20140506/54407624 902/myriam-moscona-he-sonado-mucho-con-po der-dejar-una-memoria-del-ladino.html